닫히지 않는 문

닫히지
않는 문

엄성용 장편소설

네오
픽션

차례

프롤로그

202X년 12월 18일

아직 자정이 넘지 않은 시각이었지만 인적이 드문 곳이라 거리는 한산했다. 듬성듬성 서 있는 주택 사이로 어두운 골목길이 검은 뱀처럼 구불거리며 똬리 같은 그림자를 틀었다. 그 위로 검은 인영들이 스치듯 지나갔다. 그들의 움직임을 따라 그림자가 작게 쪼개져 흩어졌다. 그들의 목적지는 골목길 가장 안쪽에 있는 낡은 폐건물이었다. 재개발 도중 공사를 중단했는지 파헤쳐진 공터와 자재가 보였고, 건물 주변으로 바리케이드가 빙 둘러싼 상태였다. 보는 사람이 없었음에도 최대한 기척을 숨기며 인영이 하나둘 건물 안으로 들어섰다. 행색은 자유로운 복장이었으나 색상은 대체로 흑 아니면 백의 단색 계열이었다. 되도록 눈에 띄지 않으려는 모양이었다.

모두 마스크를 착용하고 있으며, 그것이 그들의 규칙인지 혹은 일반화된 현실을 반영한 건지는 알 수 없었다. 문을 열고 들어서니 곧바로 공사 중이라는 경고 문구와 함께 합판으로 덧댄 막이 경계처럼 가로막고 있었다. 좌측 끝으로 다가간 이들 중 하나가 신호에 맞춰 합판을 두드렸다. 그가 조심스레 귀를 갖다 댔다. 잠깐의 정적 후, 안쪽에서 삐걱거리는 소리가 들리더니 틈이 살짝 벌어졌다. 숨겨진 문이었다. 민머리 사내를 필두로 모인 이들이 합판을 밀고 경계 안으로 들어섰다. 온 사방이 검은색으로 칠해진 공간 정중앙에 붉은색 천으로 덮인 작은 제단이 보였다. 사람들은 하나둘 자신의 자리를 찾아 제단 주변을 빙 둘러쌌다. 복면을 쓴 인물이 그런 광경을 쭉 지켜보는 중이었다. 모두 이동을 끝내자 복면인이 입을 열었다. 낮고 깊은 울림을 가진 목소리였다.

"그럼 시작하겠습니다."

복면인의 말에 아무도 대답하지 않았다. 그저 눈만 껌벅거리며 제단만 쳐다볼 뿐이었다. 성인 허리 높이 정도까지 올라오는 제단을 덮은 붉은 천을 복면인이 잡아 그대로 벗겨냈다. 지켜보던 몇몇의 탄성이 들렸다. 낡고 검은 책이었다. 누가 봐도 고서적이라는 걸 알 수 있듯 자태가 심상치 않았다. 복면인이 고서적을 펼쳐 훑어본 후, 품에서 또 다른 작은 책을 꺼내 비교하기 시작했다. 두 책을 번갈아 처다보던 그가 숨을 깊게 들이마시더니 알 수 없는 말을 중얼거리기 시작했다.

"왕라천자…… 천파순…… 화자재……."

모두가 숨을 죽이고 복면인을 처다봤다. 의식의 시작이었다. 잠시 후, 고서적에 붉은 핏물이 번지더니 흘러내리기 시작했다. 그제야 조용하던 무리가 환호를 내질렀다. 복면인의 말이 점점 빨라졌다. 누군가가 바닥을 발로 굴렀다.

쿵.

복면인의 말에 따라 박자를 맞추고 있었다.

쿵쿵쿵쿵쿵.

펼쳐진 고서적이 흔들리더니 피가 분수처럼 뿜어져 나왔다. 또 한 번의 환호가, 바닥을 구르는 소리가 그리고 더욱 빨라지는 복면인의 말소리가 공간에 섞이며 소용돌이를 만들었다.

"왕라천자…… 천순파…… 야타화…… 육천……."

그때, 뿜어져 나오던 핏물이 멈추더니 펼쳐진 고서적이 저절로 덮였다. 복면인이 말을 멈췄다. 당황한 기색이 역력했다. 들고 있던 작은 책을 몇 번이나 여기저기 넘겨보던 복면인이 떨리는 손으로 고서적을 만졌다. 시끄럽게 울리던 소음 역시 단번에 사라졌다. 복면인이 작은 책을 떨어뜨리며 비탄한 목소리를 내었다.

"이것도 아니었나?"

아까의 민머리 사내가 큰 소리로 물었다.

"무슨 일입니까?"

복면인이 반응이 없자 민머리 사내가 이번에는 앞으로 나서며 되물었다.

"왜 갑자기 멈추는 겁니까?"

"차, 착오가 생겼습니다."

"모두가 오늘만을 기다리고 있었는데 착오라니요?"

웅성거리는 소리가 들렸다. 복면인이 고서적을 어루만지더니 천천히 붉은 천으로 감쌌다. 민머리 사내가 그런 복면인의 곁에 바짝 다가서며 목소리를 높였다.

"이제 어떡하려……."

"시간이 조금 더 걸릴 뿐입니다."

복면인이 무심한 눈빛으로 쳐다보며 민머리 사내에게 말했다. 그 눈빛을 본 민머리 사내가 흠칫 놀라 입을 다물며 뒷걸음질 쳤다. 복면인이 모두가 들으라는 듯 목소리를 드높였다.

"다시 연락드리겠습니다. 돌아가서 기다리세요!"

복면인의 말에는 위압감이 깃들어 있었다. 무리의 수군거림이 사라지자, 복면인은 그대로 몸을 돌렸다. 손을 들어 손짓하자, 무리가 제단과 복면인을 두고 어둠 속으로 사라졌다.

*

같은 시각, 철커덩거리는 소리를 뿌리며 지하철이 터널을 빠르게 내달렸다. 순식간에 차량이 사라지고, 소리의 여운만 어둠의 터널에 들어찼다. 적막을 깬 건 천장에서 뭔가 툭 떨어지는 소리였다. 어디선가 흘러내린 붉은 핏방울이 후드득 바닥으로 떨어졌다. 떨어진 핏방울이 천천히 움직였다. 마치 살아 있는 것같이. 구물거리며 움직이던 핏방울이 모두 레일 안쪽 자갈 속으로 스며들었다. 천장에 맺힌 핏방울도 마찬가지였다. 아무 일 없었다는 듯 터널에, 다시 어둠과 적막이 돌아왔다.

지하철

202X년 12월 25일

'뜬금없이 크리스마스에 회식이라니. 아니, 크리스마스라 회식인가?'

성식은 생각에 잠긴 채 말없이 고기만 열심히 구웠다. 그런 성식을 보며 술이 얼큰히 취한 김 차장이 혀를 쯧쯧 찼다. 회식이 있을 때마다 술을 잘 못하는 성식은 곤욕이었지만 눈치가 보여 빠지지는 못했다. 김 차장이 소주와 맥주를 반씩 붓고 젓가락으로 휘저었다. 성식이 얼른 김 차장의 앞접시에 잘 구워진 고기 한 점을 놓았다. 김 차장이 벌게진 얼굴로 성식을 보며 입을 열었다.

"엄 대리는 군대 갔다 왔어?"

"아휴, 그럼요. 현역 제대했습니다."

"그런데 왜 술을 못 마셔?"

"아, 제가 선천적으로 술이 잘 안 받는 체질이라…….."

"에이, 군대를 갔다 왔으면 신체 개조를 했어야지!"

"그런가요? 하하."

성식이 웃으며 차장의 앞접시에 다시 고기 한 점을 추가했다. 김 차장 옆에 앉아 있던 이 과장이 김 차장의 빈 잔에 술을 따르며 장단을 맞췄다.

"그래도 회식 빠지지 않고 오는 게 어디예요. 요즘 애들은 단칼에 거부하던데. 엄 대리가 고기 하나는 기가 막히게 잘 굽잖아요."

"그건 맞네. 고기는 귀신같이 잘 구워. 나중에 이 친구 고깃집 차릴 거야!"

"아니요? 회사에 충성하고 뼈를 묻어야죠."

"어허, 무서운 사람일세. 혹시, 내 자리 넘보는 거야?"

꼰대 기질 가득한 김 차장과 도와주려는 건지 비꼬는 건지 모를 이 과장의 농담에 성식은 짜증이 났지만 참았다. 내성적인지라 사람들과 잘 어울리지 못하는 성격 탓도 있지만 일단 이 자리를 여기서 끝내고 싶었기 때문이다. 1차는 마감하는 분위기였다. 분명 주당들이 모여 2차 회식을 갈 터였다. 성식은 2차에도 참석하면 내일 출근에 지장이 있었다. 이 과장은 내일 연차였다.

'왜 여우 같고 알랑방귀나 뀌는 이들이 사회에서 잘나가는 걸까?'

성식은 속으로 울분을 삼켰다. 아니나 다를까, 이 과장이 슬그머니 김 차장에게 운을 띄웠다.

"차장님, 2차 가셔야죠?"

"어, 가야지. 어디 좋은 데 알아봤어?"

"당연히 가실 줄 알고 제가 미리 서칭 좀 했죠."

이 과장이 성식을 슬쩍 보더니 입을 열었다.

"엄 대리의 그 고급 기술이 필요해!"

"아, 제가 오늘 사내 프로젝트 마무리를 못 해서요. 끝나면 바로 집에 가서 일해야 합니다. 죄송한데 2차는 힘들 거 같습니다. 두 분이서 가시죠."

"그래? 회사 일인데…… 어쩔 수 없지."

이 과장은 말꼬리를 흐리면서도 입꼬리는 살짝 올라간 상태였다. 업무 시간 때 일 처리를 못 해서 집에서도 쉬지 않고 일해야 하는 성식을 우습게 보았다. 성식이 모른 척 마지막 고기를 구워 차장의 접시에 올려놓았다. 사실 성식의 말은 모두 핑

계였다. 회사 일을 대면 2차에서 자연스럽게 빠질 수 있을 것 같아서 준비한 멘트였다. 저 여우 같은 이 과장은 2차로 갈 술집 후보에서 분명 고깃집은 뺄 것이다. 아니면 자기가 고기를 구워야 할 판이니까. 성식이 덤덤한 말투로 말했다.

"슬슬 일어서시죠."

"그래, 모두 일어서자고. 그리고 이 과장! 2차는 회다, 회!"

상황을 지켜보던 성식이 외투를 들었다. 김 차장과 이 과장이 2차에 갈 동료들을 모으는 동안 성식은 조용히 일어서 나가는 동료들의 뒤를 따랐다. 성식은 주변 동료들에게 인사를 건넨 뒤 얼른 그곳을 벗어났다. 술이 약한지라 김 차장이 억지로 먹인 술 한 잔에도 취기를 느꼈다. 외투에 고기 냄새가 배어 성식은 눈살을 찌푸렸다. 조심했는데도 결국 이런 결과다. 일진이 안 좋다는 생각에 성식의 걸음이 빨라졌다. 시간이 애매해서 까딱하면 지하철 막차를 놓칠 수도 있었다. 조금만 더 걸으면 홍대입구역이 나온다. 이마에 차가운 게 느껴져 고개를 올려 보니 눈이 내리기 시작했다.

"하, 가지가지 하네. 오늘."

잠깐 사이 눈송이가 커져 함박눈이 펑펑 쏟아졌다. 취기에, 냄새에, 눈까지 가슴이 답답하며 짜증이 일었다. 옷이 더 젖기 전에 서둘러 역에 도착한 성식은 빠르게 계단을 내려갔다. 천장에 매달린 모니터에 열차의 도착을 알리는 신호가 껌벅거렸다. 성식은 뛰기 시작했다. 주변 다른 사람들도 마찬가지였다. 눈이 많이 내리기에 혹시 몰라 차선책으로 생각한 택시는 더 잡기 힘들어졌으므로 지금 들어오는 지하철을 절대 놓치면 안 된다는 생각뿐이었다. 성식이 개찰구를 넘어 그대로 달렸다. 열차 도착하기 전 울리는 소리가 플랫폼으로 시끄럽게 들려왔다. 열차 내부에 사람이 많았지만, 허겁지겁 달려온 성식이 열려 있는 문 안으로 기를 쓰며 비집고 들어갔다. 간발의 차이로 열차의 문이 닫혔다.

"후……."

막차라 부랴부랴 뛰어 올라탔건만, 결국에는 도미노의 쓰러지는 패처럼 떠밀려 가는 신세였다. 차라리 포기하고 숙박이라도 해버릴까 고민할 틈도 없이, 열차 안 빽빽한 인파에 성식은 순식간에 휩쓸려버렸다.

지하철 안 손잡이도 모두 임자가 있었다. 성식은 그저 한숨만 나왔다. 이러지도 저러지도 못한 채 우두커니 서서, 넘어지지 않도록 다리에 힘을 주고 중심을 잡느라 애써야 했다.

'하긴, 이 정도면 바닥에 넘어질 공간도 없을 테니 어찌 보면 다행이네.'

눈이 내려 두꺼운 옷가지들이 축축해진 건 당연했고, 쌓인 눈이 녹아내리는 터라 묘한 열기가 차내를 가득 채워 갔다.

'결국 이렇다니까. 1차 중간에 빠져나왔어야 해. 이러니까 매번 당하고만 사는 호구 소리 듣는 거야.'

어차피 핑계 댈 거 조금 더 빨리 말하고 나올걸 하고 성식은 지금 엄청나게 후회하는 중이었다. 내년 인사이동 관련 하반기 심사평가 때문에 몸을 사리는 실정에 1차 회식까지는 마무리하자고 생각했는데, 지금은 짜증이 솟구쳐 그놈의 술 생각마저 들었다.

'뭐, 더 마셨으면 인사불성이 됐겠지만.'

조금 적응이 된 성식은 슬쩍 고개를 들었다. 둘러보니 참으로 다양한 인간들이 보였다. 장바구니를 들고 있는 할머니, 입에서 고약한 냄새를 물씬 풍기는 중년 남자, 이 인파 속에도 끝까지 손에 쥔 휴대폰을 놓지 않는 모자를 푹 눌러쓴 청년 등. 자리를 차지한 이들도 마찬가지였다. 옆 사람 어깨에 머리를 기대고 졸고 있는 노인, 그런 노인의 머리를 자꾸 밀치며 인상을 찌푸리는 중년 여성, 키득거리며 그 광경을 지켜보는 어린 커플까지.

'세 정거장이다. 세 정거장만 참자. 세 정거장이면 된다.'

성식이 내릴 역은 이대역이었다. 아무리 인파가 많은 홍대입구라지만 오늘따라 유달리 사람이 더 많았다. 술기운이 돌아 살짝 어지러웠지만 어디 몸을 부축할 만한 곳이 없으니 계속 짜증과 답답함만 몰려왔다.

'어디…… 앉을 자리가 없을까?'

자리를 찾아 두리번거렸지만 있을 턱이 없었다.

"아, 짜증 나."

갑자기 뒤쪽에 서 있던 사람이 신경질적인 소리로 중얼거렸다. 살짝 돌아보니 안경을 쓴 젊은 여자 하나가 성식을 노려보고 있었다. 치켜뜬 눈빛에 기분 나빠져 한마디 하려는 찰나에, 지하철이 살짝 흔들리면서 다시 몸이 뒤쪽으로 밀렸다. 여자의 몸이 움찔거리는 게 느껴졌다.

"재수 없어. 변태잖아."

중얼거림은 분명, 성식에게 하는 소리였다. 인파에 밀려 성식의 몸이 여자에게 자꾸 밀착되어 여자가 오해한 것 같았다.

'다짜고짜 변태라니.'

성식이 고개를 돌려 대꾸했다.

"네? 뭐라고요?"

성식의 대꾸에 여자가 깜짝 놀라며 고개를 숙였고 성식은 이 상황에 관해 설명하려고 가까스로 몸을 돌렸다. 서로 마주 보는 형상이었다. 짜증 난 상태였던 성식도 불난 집에 기름을 끼얹는 상황에 화가 나 언성을 높였다.

"저기요. 이것 봐요! 지금 제가 뭘 했다고 그런 소리를……."

열차가 다시 덜컹대며 흔들렸다. 뒷말을 채 잇기도 전에 성식이 여자의 몸 쪽으로 기울어졌고, 쓰러지지 않기 위해 본능적으로 손을 내밀어 여자를 밀쳤다.

"꺅!"

여자가 비명을 질렀다. 당황한 성식이 황급히 손을 뗐지만 이미 엎질러진 물이었다. 여자는 당장이라도 울음을 터트릴 듯 글썽이는 눈으로 노려보았다.

"저기, 고의가 아니라 밀렸어요. 지금 흔들렸잖아요!"

성식이 변명해 보았지만, 주위 몇몇 사람들은 이미 여자와 똑같은 눈빛으로 성식을 노려보고 있었다.

"진짜예요. 사람이 너무 많아서……."

주위에서 수군거리는 소리가 들렸다.

"술 냄새, 술 취했나 봐."

"어휴, 이 냄새 뭐야?"

성식이 억울한 표정으로 사람들을 보며 다시 말을 이었다.

"술 많이 안 먹었고요. 인파에 밀렸을 뿐입니다."

사람들의 눈초리를 보니, 어차피 변명으로밖에 들리지 않을 말이었다. 여자가 스마트폰으로 어딘가 메시지를 보내는 게 보였다. 이러다가 괜히 문제가 커질까 봐 성식은 입을 다문 채 자리를 옮기기로 했다.

'최악 중에 최악이네. 차라리 자리를 피하자!'

인파를 헤집고 들어가는 자신의 모습이 도망치는 쥐새끼 같아 성식은 쓴웃음을 지었다. 졸지에 술 취한 변태가 되어버렸다. 진짜 재수 없는 하루였다. 성식은 다른 칸으로 이동하며 계속 툴툴거렸다.

"술도 한 잔만 먹었고, 고기도 굽기만 했는데. 진짜 억울해 죽겠네."

술 냄새를 풍기며 중얼거리는 모습이 기분 나빴는지 사람들이 성식을 피했다. 움직이기가 쉬워진 건 고맙지만 그렇게 좋아할 만한 상황은 아니었다. 성식은 아예 다음 칸으로 건너가는 게 나을 것 같아 고개를 들어 건너편을 바라보았다. 놀랍게도 그곳은 매우 한산했다. 아니, 사람이 거의 없다고 봐야 할 정도로 텅 비어 있었다.

"어?"

왜 사람들이 그쪽으로 가지 않는지 이해가 되지 않아 성식은 주위를 두리번거렸다. 보지 못하는 건지 모르는 건지 아니면 귀찮은 건지, 사람들은 아무도 그쪽으로 건너가려 하지 않았다. 이상한 일이었다. 성식은 가던 걸음을 멈추고, 그쪽을 자세히 살폈다. 특별한 문제는 없어 보였다. 구석에 앉아 있는 몇몇 사람들의 모습만 보였다.

"아, 진짜. 갈 거요, 말 거요?"

누군가 뒤에서 퉁명하게 말을 내뱉었다. 돌아보니 험상궂
은 얼굴을 한 덩치가 인상을 구기며 노려보고 있었다.

"네, 네. 갈 겁니다."

성식은 대꾸하기도 귀찮아 건너편으로 가기로 했다. 다들
이 인파를 헤치고 저기까지 가기가 귀찮은 것뿐이라고 편하
게 생각하는 게 나을 것 같았다. 확실한 건, 이곳에 그대로 있
는 것보다 다음 칸으로 가는 게 나을 거라고 생각했다. 통로
문을 열자 매캐한 냄새가 코를 찔렀다. 하지만 이미 마구 뒤섞
인 사람 냄새에 머리가 아픈 성식에게는 큰 차이가 없었다. 코
를 몇 번 만져본 뒤, 건너편 칸으로 몸을 옮겼다.

"어우."

누가 잡고 당기는 것처럼 잠깐 머리가 흔들리는 것 같았지
만, 지독한 숙취라고 생각했다. 건너온 칸에는 굉장히 역한 냄
새가 풍겼다. 설명하기 힘든 메스꺼운 냄새였다. 아마 전에 있
던 승객이 구토라도 한 것 같았다. 인상을 찌푸리며 성식은 자
리 한쪽에 앉았다. 슬쩍 바라보니 맨 구석에 노인 한 명이 앉
아 있었다. 성식이 앉은 자리 앞으로 긴 머리의 여성이 앉아
있는 게 보였다. 여성은 고개를 푹 숙이고 있었는데, 선잠을

자는 건지도 몰랐다. 머리를 벽에 기대며, 이제야 해방이다 싶어 크게 한숨을 쉬었다.

"휴."

순간, 불빛이 번쩍였다. 놀란 성식이 위를 올려다보니 형광등이 깜박거렸다. 희미하게 꺼져가다가 다시 밝아지는 게, 마치 죽기 싫어 버티는 것처럼 보였다. 갑자기 느껴지는 섬뜩함에 성식은 몸을 움츠렸다. 그러고 보니, 이곳은 조금 전에 있던 곳과는 다르게 너무도 추웠다.

'이래서 사람들이 이곳으로 오지 않은 건가? 히터가 고장나서?'

성식이 있는 이 칸은 입김이 날 정도로 추웠다. 으스스함에 입고 있던 외투의 목깃을 끝까지 치켜 세웠다. 마치 약속이라도 한 듯 안내 방송이 흘러나왔다.

—이번 역은…….

"바로 이대면 얼마나 좋을까."

—홍대입구, 홍대입구역입니다.

"뭐?"

성식도 모르게 큰 소리로 외쳤다. 홍대입구는 아까 지나치지 않았던가. 성식의 외침에 깼는지 앞에 앉아있던 긴 머리의 여성이 몸을 움찔거렸다. 잘못 들었는지도 몰라 긴 머리 여성에게 물어보기 위해 말을 걸었다.

"저기요. 죄송한데 뭐 좀 여쭐게요. 지금 안내 방송에서 홍대입구라고 했나요?"

"……."

긴 머리 여자가 고개를 들었다. 여성의 고개가 서서히 좌측으로 기울어졌다. 긴 머리가 늘어지며 바닥까지 닿았다. 다시 우측으로 기우는 여성의 머리는 운동하듯 까닥거렸다. 그 모습이 너무도 섬뜩해 성식은 하던 말을 멈췄다.

'이 여자, 소름 끼치게…… 뭐 하는 거지?'

마임이라도 하는 것처럼 긴 머리 여성이 고개의 움직임을 멈추지 않았다. 오싹해진 성식은 자리를 옮기기 위해 일어섰다. 그제야 지하철이 정차하기 위해 서행한다는 걸 알아차리고 재빨리 창밖으로 시선을 옮겼다. 홍대입구라 쓰인 간판이 보였다.

"말도 안 돼!"

더 놀라운 건, 지하철을 기다리는 사람이 아무도 없다는 거였다. 두 눈을 크게 뜨고 다시 한번 자세히 살펴보았다. 마치 막차 운행이 끝나 모두가 나간 텅 빈 지하철역처럼, 아무도 없었다. 아니, 홍대입구라는 간판이 보이는 것부터 말도 안 되는 상황이었다.

'술! 술 때문이야.'

성식이 정신을 차리려고 뺨을 두세 번 쳐보았다. 후끈한 아픔이 느껴졌다. 꿈도 아니고, 그렇게 의식이 불분명한 것도 아니었다. 도대체 지금 이 상황은 뭐란 말인가 하는 의구심이 차올랐다. 순간, 지하철이 서서히 정차했다.

어찌해야 할지 몰라 성식은 우두커니 서 있었다. 그 섬뜩하던 긴 머리 여성이 떠올라 얼른 돌아보니, 여성은 다시 긴 머리가 바닥에 닿을 만치 고개를 숙인 채 조용히 앉아 있었다. 여성에게 물어봤자 대답해줄 것 같지 않았다. 아니, 오히려 성식의 두려움만 더 가중될 게 뻔했다.

'가만, 아까 그 노인!'

저만치 노약자석에 노인이 보였다. 누더기 외투를 걸치고 벽에 기대고 있는 모습이 자는 것 같았다. 다급히 뛰어가 그 노인을 향해 소리쳤다.

"이봐요!"

노인도 역시 고개를 푹 숙이고 있었다. 못 들었는지 미동이 없자 성식은 다시 한번 큰 소리로 외쳤다.

"저 어르신! 이 열차⋯⋯."

말을 채 잇지도 못하고 성식은 급히 멈춰 섰다. 낡은 외투만 보고 오해한 것이었다. 천 조각이 둘러싼 건 들개가 먹다 반쯤

남긴 듯한 찌꺼기만 붙은 뼈다귀 더미였다.

"이게 뭐야……."

치익.

순간, 정차한 열차의 문이 열렸다. 생각할 겨를이 없었다. 성식은 당장 이 자리를 벗어나기 위해 열린 문 쪽으로 몸을 돌렸다. 문이 닫히기 전에 열차 밖으로 나가야 한다는 경고가 머리를 심히 압박해 왔다.

퉁.

갑자기 둔탁한 소리가 성식의 귓가에 들렸다. 성식은 본능적으로 소리가 나는 쪽으로 고개를 돌렸다.

퉁퉁.

연결 통로에서 나는 소리였다. 성식이 건너온 쪽이 아닌, 반대쪽 통로. 그곳에서 누군가가 두꺼운 통로 유리를 내려치고 있었다. 희미하게 보이는 실루엣으로 볼 때 긴 머리 여성이 아닌 다른 여성이었다.

퉁퉁퉁퉁.

마구잡이로 내려치는 소리가 적막을 깼다. 이건 메시지다. 통로 안의 여성이 분명 성식에게 들으라고 내려치는 게 분명했다. 문은 곧 있으면 닫히고, 이 섬뜩한 곳에서 나갈 수가 없는 상황이었다. 일단 열차가 움직이기 시작하면 내릴 수는 없었다.

'어쩌지…….'

원래라면 당연히 내려야 하지만, 알 수 없는 찰나에 고민하는 중에도 여성은 계속 통로 유리창을 내려치고 있었다. 뭔가에 홀린 듯 성식은 재빨리 그곳을 향해 뛰었다. 아직 문은 닫히지 않았다. 가까이 다가갈수록 여성의 얼굴이 선명해졌다. 두 주먹을 쥐고 미친 듯이 유리창을 쳐대는 여성의 입이 움직이는 걸 봐서 계속 무언가를 외치는 것 같았다. 성식은 여성의 말이 잘 들리지 않아 조금 더 가까이 다가가야 했다.

"아, 문 닫힐 텐데!"

성식은 악을 버럭 지르며 연결 통로 문의 손잡이를 잡았다. 금속의 차가운 감촉이 느껴졌다. 힘을 줘 돌려봤지만, 손잡이는 꿈쩍도 하지 않았다. 아예 돌아가지가 않았다.

퉁퉁퉁.

시선을 올려 보니 여성의 얼굴이 성식의 시야로 확 들어왔다. 여성은 어느샌가 유리창에 얼굴을 바짝 붙이고 있었다. 무언가를 알리고 싶은 듯 여성이 입을 마구 벙긋거렸다.

"뭐라고요?"

성식은 큰 소리로 물었다.

'왜 목소리가 전혀 들리지 않는 거지? 유리가 울리는 소리

는 들리는데.'

의아했지만 성식에게는 여유가 없었다. 여성의 입 모양을 유추해 읽는 수밖에 없었다.

'마요.'

"마, 마요?"

'내리지 마.'

"내리지, 아, 내리지 말라고?"

내리지 말라는 경고. 여성이 성식에게 내리지 말라고 경고하는 것이었다. 갑자기 여성은 두 손을 창에 올리며 보란 듯이 마구 휘저었다. 깜짝 놀란 성식이 물러서자 여성이 문을 차며 난리를 치기 시작했다.

'뒤……'

"뒤? 뒤라고 했어?"

성식이 황급히 고개를 돌렸다. 처음 들어왔을 때 섬뜩한 행동을 하던 긴 머리 여성. 그 여성이 성식의 등 뒤에 다가와 고개를 까닥이며 헤벌쭉 웃고 있었다. 긴 머리 여성의 생기 없는 눈은 구슬을 박아 놓은 것 같았다. 머리는 산발이었고, 웃고 있는 입술 사이로 검은 피딱지가 말라붙어 있었다. 가까이에서 보니 흉측함은 더 심했다. 비명을 지르며 성식이 몸을 뒤로 빼는 것과 동시에, 긴 머리 여성이 팔을 쓱 내밀며 성식의 가슴을 밀었다.

"으아악!"

통로 문 쪽으로 등이 부딪히며 격렬한 통증이 느껴졌다.

'뭔 여자가 이렇게 힘이 세?'

조금씩 다가오던 긴 머리 여성이 입꼬리를 부르르 떨었다. 안면 근육이 경직되어 떨리는 듯한 모습이었다. 단지 그 정도가 심해 소름 끼칠 정도라는 게 문제지만. 성식이 시선을 힐끗 돌려 문을 보았다. 아직 열려 있었다.

'나갈까?'

무서운 긴 머리 여성에 대한 공포와 통로 안 여성의 경고 사이에서 갈등하기 시작했다. 순간 긴 머리 여성의 손톱이 성식의 가슴을 파고들며 짓눌렀다. 고통에 몸부림치는 성식을 보며 긴 머리 여성이 고개를 여전히 까닥거렸다. 버티고 있는 등 뒤에서는 성식을 향해 경고하던 여성이 유리창을 치는 소리가 퉁퉁거리며 울렸다. 정신이 하나도 없었다.

"으아악!"

비명이라기보다는 기합에 가까운 소리를 내며, 성식은 긴 머리 여성을 있는 힘껏 밀쳤다. 이를 악물고 온 힘을 쏟은 게 통했는지 긴 머리 여성의 몸이 뒤로 밀렸다. 성식은 자신의 가슴을 부여잡고 있는 긴 머리 여성의 손목을 뿌리치고, 문을 향해 몸을 날렸다. 당연한 행동이었다.

"크아아아악!"

긴 머리 여성의 입에서 인간이 낼 수 없는 끔찍한 비명이 흘러나왔다. 긴 머리 여성의 손이 순식간에 성식의 발목을 잡았다. 그 악력의 세기가 엄청나 발목이 터져 나갈 것 같았다. 바동거리며 긴 머리 여성을 발로 차보았지만, 허사였다. 조여드는 발목은 점점 더 아파왔다.

"놔! 으아! 아악!"

—출입문 닫습니다.

"안 돼!"

열차 문이 닫히는 소리가 성식의 귀를 파고들었다.

치익.

"놓으라고, 이 미친년아!"

두 눈을 부릅뜬 긴 머리 여성이 성식에게 답하듯 소리쳤다.

"끼아아아아악!!"

문이 점점 닫히고 있었다. 센서 감지를 이용해 다시 열어야 했다. 성식은 있는 힘껏 팔을 뻗었다. 하지만 팔은 닿지 않았다. 성식은 본능적으로 몸을 움츠린 뒤, 있는 힘껏 몸을 튕겼다. 반동이 느껴지며, 몸이 문 쪽으로 쭉 내동댕이쳐졌다. 다시 팔을 뻗었다.

"끼아아아아아아악!"

긴 머리 여성이 발목을 잡고 있던 손을 놓으며 성식의 상체로 돌진해왔다. 성식이 나가려는 걸 막으려는 행동 같았다.

"으아악!"

팔꿈치로 기어봤지만, 긴 머리 여성의 움직임이 더 빨랐다. 어느새 긴 머리 여성이 성식의 몸을 타고 너머 일어섰다. 문은 거의 닫히기 직전이고, 긴 머리 여성은 그 앞에서 성식을 내려보고 있었다.

"히히히힛!"

무언가 번뜩이며 성식의 머리를 스쳤다. 성식이 두 팔을 들어 긴 머리 여성의 다리를 밀어버렸다. 그녀의 몸이 휘청이며 앞으로 쓰러지고, 두 다리가 문밖으로 빠졌다.

"어?"

의외였다. 그녀의 다리가 걸렸으니 센서로 인해 문이 닫히다가 다시 열릴 줄 알았으나, 문은 다리가 낀 채 그대로였다. 엎드려 있는 성식과 앞으로 넘어진 긴 머리 여성의 시선이 정면으로 마주쳤다. 여성의 얼굴빛이 급격히 굳어가기 시작했다. 마치 하얗게 색을 칠하듯이 사색이 된 얼굴, 그건 공포에 질려 창백해진 상태와 매우 흡사했다.

"꺄아아악!"

조금 전까지 내지르던 비명과는 미묘한 차이가 있었다. 지금의 비명은 이 여성이 공포에 질려 내는 소리 같았다. 극악하게 찢어지는 소리에 성식은 귀를 막고 몸서리를 쳤다. 긴 머리 여성이 팔을 움찔하며 성식을 향해 뻗었다. 그 손에 잡힐세라 재빨리 몸을 일으켜 뒤로 물러서자, 긴 머리 여성이 두 팔로 허공을 가르며 연신 비명을 질렀다.

　"꺄아아아!"

　"크아아악!"

　질 수 없다는 듯 성식도 소리를 질러댔다. 갑자기 긴 머리 여성이 비명을 멈추었다. 잠깐의 적막이 흐르고, 그녀가 몸을 부들거렸다. 문에 낀 상태에서 여성은 고개를 뒤로 돌렸다. 공포에 질린 눈으로 문 쪽을 바라보며 고개를 좌우로 마구 흔들었다. 검고 긴 머리가 산발이 되어 춤을 췄다.

　찌직.

　이상한 소리가 문밖에서 들렸다. 뭔가 찢어지는 소리였다. 안 좋은 예감에 연결 통로 쪽을 바라보니, 성식에게 경고해 주던 여성이 허둥지둥 자신 쪽으로 오라고 손짓하고 있었다.

　찌지직.

　"꺄아아아!"

　찢기는 소리가 더 커지며, 다리가 낀 그 흉측한 긴 머리 여성이 다시 비명을 질렀다. 피를 토하듯 짜내는 끔찍한 소리였다. 얼른 일어난 성식이 연결 통로 문을 향해 달음질쳤다. 거칠게 숨을 몰아쉬며 통로 안을 보니, 손짓하던 여성이 급하게 입을 벙긋거렸다.

'가지 마.'

"가지 말라고?"

여성의 말을 알아들은 성식이 고개를 끄덕이자 여성이 눈을 가리는 행동을 했다.

'밖에 나가면.'

"나가면?"

찌지지직.

"꺄아아아아아아아아악!"

찢기는 소리가 이제는 엄청나게 커졌다. 성식은 고개를 돌려 그쪽을 바라보았다. 다리가 끼어 꼼짝도 못 하던 긴 머리 여성의 몸은 송두리째 사라지고 없었다. 아니, 닫힌 문 앞 바닥에 뜯겨진 두 손목만 덩그러니 보일 뿐이었다. 마치 끌려 나간 모양으로, 문 틈새 좌우에 도배한 것처럼 피가 주룩 펼쳐져 있었다. 살점으로 보이는 거죽이 덕지덕지 붙어 미끄러지며 떨어졌다. 문 옆의 좌석 창 너머로 무언가 보였다.

"……."

성식은 입이 떨어지지가 않았다. 비명도 지를 수 없었다. 찢겨 나간 긴 머리 여성의 몸으로 보이는 피투성이 물체를 들고 지하철에 바짝 붙어 있는 그것. 족히 한 뼘은 될 법한 커다랗고 퀭한 눈을 데굴데굴 굴리며 지하철 안쪽을 살피고 있는 그것들. 성식은 다리가 후들거렸다. 다시 통로 안 여성에게 고개를 돌렸다.

'이봐요! 절대 나가면 안 돼!'

여성이 눈과 손을 가리키며 다급하게 입을 움직였다.

'내리면 그들이 잡아……'

'내리면 잡는다고? 그게 무슨 소리야?'

"저게 뭐야!"

성식은 큰 소리로 물으며 통로 유리창 위로 주먹을 내질렀다. 강한 충격과 함께 손등이 아려오며 정신이 번쩍 들었다.

"이봐요! 저게 뭐냐고? 저 이상한 것들은 다 뭐야!"

'나도 몰라'

"뭐냐고요!"

덜컹.

지하철이 천천히 움직이기 시작해 홍대입구역을 벗어나기 시작했다. 열차는 다음 역을 향해 이동하고 있었다. 그것들이 아직 있는지 살펴보았지만 빠른 속도로 움직이는 지하철에 붙어 있기가 어려운 건지, 일단은 사라진 상태였다. 성식은 자기도 모르게 한숨이 터져 나왔다. 이 상황이 당최 이해되지 않았다. 술에 취해 현실 자각 능력이 사라진 건 아닌지 의심했다. 하지만 이건 눈앞에서 사람이 찢겨 나간 현실 상황이었다.

"다, 당신…… 뭔가 알고 있는 거죠?"

성식은 괜스레 화가 나 통로 안 여성에게 소리를 빽 질렀다. 잘 들리지 않는다며 여성이 귀를 가리켰다. 울컥하며 무언가 치밀어 올랐다. 통로의 유리창을 깨버리기 위해 성식은 내려칠 물건을 찾아보았다. 우측 구석 밑에 시뻘건 소화기가 보였다. 성식이 소화기를 두 손으로 부여잡고 번쩍 들어 올리자 여성이 놀란 표정으로 눈을 동그랗게 떴다. 여성에게 뒤로 피하라는 몸짓을 한 뒤, 성식은 있는 힘껏 통로 유리창을 향해 소화기를 내리쳤다.

쾅.

비명을 지르는 듯 여성의 입이 벌어졌다. 두꺼운 유리는 쉽게 깨지지 않았다. 호흡을 가다듬고, 성식은 다시 유리창을 도끼로 장작을 패듯 소화기로 찍어버렸다.

쩍.

유리가 날선 파열음을 일으키며 갈라지기 시작했다.

"좋아. 깨진다!"

소화기 몸체를 마구 휘두르자 유리에 갈라진 금이 점점 늘어났다. 몇 번을 반복하니 갈라진 금이 바스러질 듯 춤을 췄다. 잠시 후, 완전히 갈라진 유리창이 투두둑 부서졌다. 유리 조각을 소화기 주둥이로 헤치며 성식은 큰 소리로 외쳤다.

"이제 목소리 들려요?"

"아……."

"들리냐고요?"

"네, 들려요. 들려! 들리니까 소리 지르지 말아요."

"헉헉, 미안합니다. 너무 당황해서……."

"혹시, 술 드셨나요? 좀 취하신 것 같은데."

소화기를 내려놓고 허리를 숙인 채 가쁜 숨을 몰아쉬는 성식을 보며 여성이 중얼거렸다.

"제발…… 술이 깨길 바라고 있어요."

"이 창을 깨려고 한 사람은 당신이 처음이에요."

"뭐라고요? 나 말고 또 다른 사람이 있었나요? 아니, 그게 중요한 게 아니지. 당신이 왜 그 통로에 머무르고 있는지가 더 중요한 거죠. 훤한 객실 놔두고 왜 연결 통로에 자릴 차지하고 있었습니까? 대답해봐요. 어떻게 들어간 건지 그리고 왜 빠져나오지 못했는지 설명해봐요."

쉴 새 없이 따지는 성식의 말을 여성은 그저 묵묵히 듣고만 있었다. 이윽고 여성이 입을 열었다.

"당신과 마찬가지예요."

여성이 고개를 흔들었다.

"저도 이곳으로 건너오다가 여기 갇혔다고요."

"지금 무슨 헛소리를 하는 겁니까!"

성식이 버럭 소리 지르자 여성이 놀라 몸을 뒤로 뺐다. 잠깐 뜸을 들인 후 성식이 손을 들어 미안하다는 제스처를 보였다.

"미안해요. 제가 너무 흥분했어요. 아니, 지금 이 상황이 믿기지 않아서……."

"네, 이해해요."

여성은 별다른 말 없이 가만히 서 있었고, 조금 안정이 된 성식이 굽혔던 허리를 펴 여성과 정면으로 마주 섰다. 그제야 찬찬히 여성을 살펴볼 수 있었다. 나이는 성식과 비슷해 보였고, 아주 작은 체구였다. 겁에 질린 여성의 얼굴을 보니 성식은 순간 죄책감이 들었다. 이 여성이 아니었다면 몸이 찢어진 건 성식 자신이었을 것이다. 차량은 여전히 덜컹대는 소리를 내며 이리저리 흔들어대고 있었다. 조금 있으면 열차는 다음 역에 정차한다.

홍대입구역에서 출발했으니 이번에는 신촌역이다. 성식은 열차의 속도가 느려지면 조금 전 본 '그것'의 정체를 파악해야겠다고 생각했다. 무엇인지는 모르겠지만 사람이 아닌 건 확실했다. 그것들이 다시 문 주변에 붙어 그 커다란 눈알을 데굴굴리며 안을 살필 것이 틀림없었다. 성식은 솔직히 두려웠다. 그것이 그 미친 긴 머리 여성을 어떻게 찢어버리는지 자세히 보지는 못했지만, 그것의 커다란 두 눈알이 전방위를 돌며 자신을 지켜볼 것이라 생각하니 소름이 돋았다.

여성이 통로의 문을 열기 위해 손잡이를 이리저리 돌렸지만. 여전히 열리지 않았다. 그녀는 한숨을 쉬며 고개를 푹 숙였다. 유리창은 깨어졌어도 문은 절대 열 수 없는 것 같았다. 아무리 체구가 작아도 유리 조각이 가득 박힌 창틀 사이로 빠져나오는 건 무리였다.

"도대체 여기서 무슨 일이 벌어지는 겁니까?"

성식이 재차 질문하자 여성이 힘없는 눈빛으로 성식을 바라보며 답했다.

"우선, 제가 여기 갇힌 이유부터 말할게요. 저는 당신이 건너온 칸 반대편에서 건너왔어요. 하도 사람들이 득실대서 조금이나마 한적한 곳으로 옮기려 한 거죠."

"뭐, 저도 비슷합니다."

"통로 문을 닫고, 건너편 문을 열려는데 꿈쩍도 안 하는 거예요. 다시 돌아가려 해도 들어왔던 문도 안 열리고. 울고불고

소리를 질러도 아무도 못 봐요, 저를……."

"네?"

"안 믿기죠? 저도 안 믿겨요. 믿지 못하겠다면 한번 시험해 보세요."

여성의 눈짓을 따라 고개를 돌리니, 성식이 들어왔던 반대편 통로가 보였다. 성식이 부리나케 달려가 통로 문을 열려고 했지만, 꿈적도 하지 않았다. 유리창 너머로, 안쪽에 북적이는 인파가 보였다. 아까 그 모습 그대로였다. 성식이 유리창을 치며 악을 썼다.

"이봐요! 들려요? 이봐요! 다들 들려요? 보여요? 저기요!"

반대편 사람들은 아무도 신경 쓰지 않았다. 성식이 고개를 푹 숙인 채 몸을 돌렸다. 여성이 갇힌 반대 통로에 다다른 성식이 고개를 저었다.

"당신 말대로 제가 아예 보이지도 않나 봐요."

"여기도요. 반대쪽에 소리도 질러보고 창도 두드리고 했는데 소용없더라고요. 뭔가 막혀 있어요."

"그나저나…… 당신은 여기에 얼마나 갇혀 있었던 거죠?"

"몇 시간은 됐을 거예요."

"몇 시간이요?"

성식이 놀라서 반문하자 여성이 고개를 끄덕였다.

"지옥이 따로 없어요."

여성이 금방이라도 울음을 터뜨릴 것처럼 눈물을 글썽였다.

"진짜 지옥이에요! 그거 알아요? 당신과 내가 처음이 아니라는 거. 여기 갇혀 있는 동안 건너편 객실에서 이 객실로 몇 명의 사람들이 들어오는 걸 봤어요. 그들도 당신처럼 내가 여기 갇혀 있는 걸 보았지만 아무 도움을 주지 못했어요."

"아니, 아무도 통로 유리창 깰 생각을 안 했나요?"

"그럴 여유가 없었죠. 당신도 창을 깰 때까지는 뭔가에 막힌 듯이 소통이 안 됐잖아요? 그러다가 아까와 비슷하게 문이 열리자마자 그 미친 긴 머리 여자가 공격하고, 도망치려고 일행 중 한 명이 나가자마자 그대로 잡혀서 찢겨버렸어요. 사람 몸이 그렇게 쉽게 찢어지는 게…… 보면서도 믿기지 않았어요. 다들 공황에 빠져서 우왕좌왕하는 사이에 아까 그 긴 머리 여자가……."

"날 내보내려던 그 미친 긴 머리 여자요?"

"네, 똑같아요. 당신을 밖으로 내보내려고 한 행동. 그들한테도 그랬거든요. 눈앞에서 자기 일행이 산산조각이 났는데 제정신으로 반항할 수 있겠어요? 나머지 사람들도 전부 다 그 긴 머리 여자가 문밖으로 밀어 버리고, 더 자세히는 말 안 해도 알 거라 봐요."

"하아."

한숨을 내쉰 성식이 고개를 끄덕였다.

"당신마저 당했다면 전 아마 이대로 미쳐 버렸을 거예요."

"그렇게라도…… 경고해줘서 고마워요."

성식이 눈을 질끈 감았다.

'호랑이한테 물려 가도 정신만 차리면 산다고 했다. 일단은 정신을 놓지 않는 게 우선이야.'

잠시 침묵이 흘렀다. 지하철은 계속 철컹대며 움직이고 있었다. 여러 가지 생각들이 떠올랐다.

'그 긴 머리 여자의 정체는 뭘까, 저 구석에 있는 뼈 무더기는 뭘까, 그 여자는 언제부터 이곳에 머문 걸까, 미친 사람처럼 행동한 것은 그것들을 보고 공포에 질린 나머지 그랬던 걸까.'

성식이 통로 안을 보며 물었다.

"몇 시간 동안 갇혀 있었다고 했잖아요. 아까 긴 머리 여자도 원래 여기 있었나요?"

"네, 제가 들어올 때도 보였어요."

"의도가 뭐지? 왜 이곳에 들어온 사람들을 문밖으로 내보내려 한 걸까요?"

"그거야…… 그냥……. 미쳐서?"

해답은 아니었다. 아니, 뭔가 의구심이 더해졌다. 정확히 그게 뭔지는 성식도 알 수 없었다.

그때, 다시 안내 방송이 들렸다.

—이번 역은 신촌, 신촌역입니다. 내리실 문은…….

둘은 동시에 말을 멈추고 안내 방송이 흘러나오는 스피커 쪽으로 시선을 돌렸다. 신촌역. 홍대입구 다음 정차 역. 아까와는 달리, 지금 지하철은 순차대로 운행 중이었다.

의뢰

202X년 12월 19일

"제 생각이지만 선생님은 한국의 '인디아나 존스'라는 말이 딱 어울립니다."

"하하, 그 정도까진 아니고요. 저는 딱히 학위를 받거나 관련 분야를 전공한 고고학자는 아닙니다. 영화 속 캐릭터는 더더욱 아니고요. 현실은 달라요. 그래도 기분은 좋네요."

"너무 겸손하십니다. 그래도 오컬트에 관심 있는 사람들은 다 선생님을 아는데요."

"그냥 운이 좋았죠. 그래서 많은 관심도 받았고, 이렇게 '슈크림 킹님' 채널에도 나올 수 있는 거고. 하하하!"

이준이 멋쩍게 웃음 지으며 가지런히 정돈된 턱수염을 매만졌다. 삼십대인 나이에 비해 워낙 동안인지라, 귀찮았지만 이미지 관리를 위해 일부러 기른 수염이었다. 사람들의 질문이 라이브 채팅 창에 올라오자 슈크림 킹이 실시간으로 놓치지 않고 계속 대화하고 있었다. 확실히 유명 유튜버다웠다. 슈크림 킹은 공포 콘텐츠를 다루는 유튜버 중에서도 손에 꼽는 인플루언서였다. 슈크림 킹의 영상에 나온 것만으로도 떨어진 이름값은 어느 정도 올릴 수 있었다. 프리랜서 오컬트 전문가. 이것이 현재 이준의 직업이자 명칭이었다. 슈크림 킹이 웃으며 그런 이준에게 다시 말을 건넸다.

"오늘 여러 가지로 많은 도움이 됐습니다. 다시 한번 시간 내주셔서 감사합니다. 간단하게 결론을 내보자면 동양과 서양의 오컬트 문화는 전혀 달라 보이지만 미묘하게 겹치는 부분이 있다는 거죠?"

"맞습니다. '교집합'이라고 아시죠? 아무래도 인간이 느끼는 감정은 비슷해 남겨진 기록만 보는 게 아니라 각지에 전해지는 구전들도 비교해 보는 게 더 풍부한 상상을 해볼 수 있다는 말입니다."

"대표적인 예가 '대홍수' 관련이고요?"

"네, 동양과 서양 양쪽 모두 '대홍수'에 대한 기록도 있고,

구전으로도 전해지는 사례죠."

카메라 밖에 서 있던 스태프 한 명이 메모를 들었다.

'종료 5분 전.'

슈크림 킹이 알았다는 신호와 함께 카메라를 보며 미소를
지었다.

"자, 아쉽게도 마칠 시간이 됐습니다. 선생님도 바쁘실 테니
계속 시간을 뺏을 수가 없네요? 편집 영상 따로 올라갈 예정
이니 알림 설정해주시고요! 구독과 좋아요, 부탁드립니다!"

"만나서 반가웠습니다!"

이준이 카메라를 보며 손을 흔들었다. 채팅 창이 다시 빠르
게 올라갔지만, 이준은 그 내용에 관심이 없었다. 개인 방송을
할 것도 아니고 단지 슈크림 킹의 유명세에 편승하는 게 목적
이었으니까. 마지막 인사를 마무리로 촬영이 끝났다. 슈크림
킹이 한숨을 푹 내쉰 뒤 안경을 벗고 손으로 콧잔등을 지그시
눌렀다.

"채팅 저거 있죠? 올라가는 거 안 놓치려고 보다 보면 눈 진
짜 아파요. 따라가기가 벅차."

"그러게요. 저도 눈이……."

슈크림 킹이 고개를 돌려 이준을 잠깐 보더니 다시 말을 꺼
냈다.

"아무튼, 출연 감사합니다. 아 참, 제가 보기에 선생님도 딱 방송 체질이던데. 말씀도 잘하시고. 유튜브 안 하세요? 하시면 좋겠는데, 합방도 하고. 단박에 대박 날 거 같은데?"

"방송은 별로 생각이 없네요."

슈크림 킹이 손짓하자 스태프 한 명이 샌드위치와 음료를 가져다주었다.

"드세요. 배고프실 텐데."

이준이 받아 포장지를 벗겼다.

"제가요, 예전에 마이너 때부터 선생님 이름 많이 들었거든요? 이쪽 세계에서 가장 유명한……."

슈크림 킹이 샌드위치를 우물거리며 말을 이었다.

"이쪽 파는 사람들은 다 알아요. 오컬트 전문가이자 레전드 이준. 그래서 출연 허락하신다 했을 때 '와, 나도 진짜 성공하긴 했구나!' 생각했거든요."

이준은 말없이 샌드위치를 먹고 있었다. 슈크림 킹이 빨대로 음료를 죽 들이켜더니, 다시 이준을 바라보며 물었다.

"왜 그동안 잠적하셨어요? 거의 십 년인데?"

"그냥 뭐……. 이것저것 일이 많았죠."

"사연이 궁금하지만 캐묻지는 않겠습니다."

"그냥 보증 잘못 선 거죠, 뭐."

"보증이요?"

"그렇게만 알고 계시죠. 제 인생이 워낙 딴따라라……."

이준이 슈크림 킹을 보며 피식 웃었다. 품에서 진동이 느껴져 스마트폰을 꺼냈다. 메시지가 와 있었다. 이준의 표정이 살짝 굳어졌다. 이준이 자리에서 일어서며 슈크림 킹에게 악수를 청했다.

"이만 가볼게요. 약속이 잡혔네요."

"아, 네! 선생님 다음에도 꼭 출연 부탁드리겠습니다."

"그럼요. 언제든 연락 주세요."

슈크림 킹의 사무실을 나서면서도 이준은 메시지를 계속 확인했다.

'장난인 줄 알았는데.'

이준은 지금까지 여러 가지 조사 의뢰를 맡았다. 내용만 딱 들어도 황당무계한 건들은 다 피했고, 해결 가능한 것만 맡아 진행해왔다. 변호사로 치면 승률 100프로인 셈이다. 당연히 이길 게임만 하니까. 그렇기에 오랜만에 받은 이번 의뢰도 바로 거절했다. 한때는 이게 잘하는 일이라고 생각했다. 일을 그만두고 쉬기 직전까지는.

'초창기 활동을 아직도 기억하고 있습니다. 초심을 생각해 주십시오. 꼭 부탁드리겠습니다.'

"나에 대해서 뭘 안다고 초심 타령이야……."

이준이 눈살을 찌푸리며 중얼거렸지만, 마음은 흔들리고 있었다. 오컬트 문화가 좋아 발을 담갔다. 조사하고 연구하면서 하나씩 정보를 알아가는 과정과 결과물이 좋았다. 그렇게 지내온 길을 돌아보니, 초창기 자신은 없어지고 돈과 성공 확률으로만 기준을 잡는 자신이 있었다. 이준이 한숨을 내쉬며 의뢰 내용이 적힌 첫 메시지를 다시 확인했다.

'이 정도 보수면 굳이 내가 아니더라도 협회 쪽에 의뢰하면 되잖아.'

어마어마한 금액이었다. 이준이 그동안 받아왔던 금액의 수십 배는 더 될 정도로.

'이 정도 금액을 고작 프리랜서 개인에게 의뢰한다?'

수상한 낌새가 느껴져 이준은 거절했었다. 이기지 못하는 싸움은 하지 않는다는 원칙을 세운 뒤부터 그대로 고수하려고 했다. 그런데 막상 초심이라는 단어를 보니 이준의 마음이 흔들렸다. 마치 조종당하는 것처럼. 이건 절대 평범한 의뢰가 아니라고 느꼈다.

'언제까지 현실과 타협하며 살려고?'

이준이 자신에게 되물었다.

'십 년이나 지나 다시 하려는 것도 이 일이 좋아서잖아. 뭐,

어때. 모처럼 도전 아니야?'

답장을 보내려 이준의 손가락이 스마트폰 화면을 톡톡 두드렸다.

[왜 개인인 저한테 의뢰하신 건지?]

곧바로 답신이 날아왔다.

[일단 만나 뵙고 싶습니다.]

*

의뢰자가 알려준 주소는 서울 근교였다. 조금만 벗어났는데도 풍경이 확 달라져버렸다. 빽빽이 들어선 빌딩 숲이 아닌 푸르른 진짜 숲이 나타났다. 차로 달리는 동안 이준은 문득 인가가 적다는, 아니 거의 없다는 사실을 깨달았다. 어느샌가 현실에서 벗어난 느낌이었다. 이준이 창 너머 앞과 옆을 번갈아 살폈다. 보통 길 주변에는 듬성듬성 건물이 있기 마련. 하지만 이곳은 집도 가게도 아무것도 없었다. 오로지 풀과 나무뿐. 오싹한 기분에 이준이 속도를 올렸다. 큰길에서 갈라지는 작은 길로 들어서자 지나다니는 차량도 없었다.

"이상한데……."

'길이라는 건 원래 만들어지는 게 맞지만, 이 길은 너무 인

위적이야.'

눈이 건조한지 이준이 눈을 몇 번 끔벅거렸다. 여러 가지 생각에 잠길 쯤 목적지를 알리는 내비게이션에 익숙한 안내 소리가 새어 나왔다. 저만치 커다란 철문이 보였다. 하늘을 향해 솟아오른 뾰족한 창들로 장식된 고딕풍의 오래된 디자인이었다. 속도를 서서히 줄이자 저택 내부에서 이준의 차를 발견했는지 철문이 천천히 열리기 시작했다. 차를 타고 안으로 들어서자 유럽풍에 웅장한 저택이 눈에 들어왔다. 널찍한 앞마당은 차량 수대가 주차해도 들어갈 수 있을 정도로 넓었다. 공간을 찾아 차를 주차한 뒤 이준이 문을 열고 내렸다. 몸을 돌리자 언제 왔는지 키가 크고 마른 중년의 남성이 서 있는 게 바로 눈에 들어왔다. 중년 남성이 고개를 꾸벅하며 입을 열었다.

"반갑습니다, 선생님."

"음, 선생님 호칭은 불편하니 그냥 이름으로 부르시죠. 이준입니다."

"그럴까요? 알겠습니다. 저는 최정훈이라고 합니다."

정훈이 손을 들어 악수를 청했다. 이준 역시 손을 잡았다. 악수를 끝낸 정훈이 손수건을 꺼내 악수한 손을 닦더니 그대로 주머니에 구겨 넣었다. 관점에 따라서는 상대에게 무례한 행동이 될 수도 있었다. 별말 없이 넘어갔지만, 이준은 계속 생각 중이었다.

'결벽증? 아니면 천성이 깔끔한 걸까?'

정훈이 이준을 보며 말했다.

"저를 따라오시죠. 간단한 다과를 준비했습니다."

"다과라……. 저는 차보다는 술이 좋은데요."

"그런가요? 위스키라면 바로 준비할 수 있습니다."

정훈이 웃으며 이준의 말을 받았다. 정훈의 뒤를 따르는 동안 이준은 건물과 주변을 살폈다. 일종의 별장 같은 곳이었다. 영화에서나 보던 재벌들의 휴양처 같은 곳. 정훈을 따라 저택 안으로 들어서니 깔끔한 실내 장식의 내부가 보였다. 놓인 가구나 장식, 벽에 걸린 그림 액자는 하나같이 고급스러웠다. 정훈이 소파에 앉기를 권했다. 이준이 앉자 정훈이 얼음이 든 위스키 잔을 이준에게 건넸다.

"거래를 의논하면서 술을 마시는 건 처음입니다."

"편하게 가야죠, 편하게. 가볍게 술도 한잔하면서."

이준이 위스키를 한 모금 마신 후 잔을 내려놓고 앞에 있는 정훈을 바라봤다. 정훈 역시 술을 한 모금 들이켰다. 이준이 피식 웃으며 입을 열었다.

"바로 본론으로 들어가시죠. 일단 이거부터 설명해주시죠. 왜 협회가 아닌 겁니까?"

이준의 단도직입적인 질문에 정훈이 입꼬리를 올렸다. 이준이 재촉하듯 다시 물었다.

"아무리 봐도 개인에게 의뢰하기에는 비상식적인 보수예요. 그 정도 금액이면 협회에서도 전국적인 네트워크를 총동원할 수 있을 텐데⋯⋯."

"이준 씨는 현재 협회 소속이 아닌 게 맞습니까?"

"협회야 진작에 탈퇴했죠. 물이 고이면 썩기 마련이고. 제가 외로운 늑대 체질이라."

"제가 얻은 정보로는 협회 소속이 아닌 전문가 중에서 이준 씨가 가장 평판이 좋다고 하더군요."

정훈이 이준을 바라보며 낮은 목소리로 말했다.

"무슨 말인지 아시겠습니까?"

"협회 소속이 아닌 사람을 찾았다? 그럼 협회가 알면 안 되는 일이군요."

이준이 피식 웃었다. 정훈이 고개를 끄덕였다. 이제야 대충 감이 잡혔다. 이준이 턱수염을 만지며 흥미롭다는 표정을 지었다.

"이야, 협회가 알면 안 되는 물건이라. 불법적인 루트로 구했나요?"

"자세한 건, 저도 잘 모릅니다. 저는 단지 지시를 받고 일하는 거니까요."

"원래는 안 되는데……. 이거 호기심이 생기네요."

이준이 고민하며 눈을 감았다. 이쪽 시장은 어둠이 짙은 게 당연하지만, 오랜만에 복귀인지라 대뜸 의뢰를 받기는 부담스러웠다. 특히나 조직적인 관리로 음지에서 양지로 올라가자는 취지로 생긴 게 바로 협회라, 이런 일은 극도로 싫어했다. 그렇다고 겁먹은 건 아니지만, 이준이 눈을 떴다.

"물건부터 봅시다. 할지 안 할지는 보고 결정할 테니."

"알겠습니다. 물론 비밀 엄수하시리라 믿습니다."

"그럼요. 신용이 생명인데."

정훈이 자리에서 일어나 자신을 따라오라는 신호를 보냈다. 정훈의 뒤를 따라 걷는 동안, 복도에 걸린 그림들이 이상하게 눈에 밟혔다. 그림은 형태가 없이 선과 원으로만 뒤죽박죽 그어져 있었는데, 그 색이 모두 붉었다.

'추상화 개념인가? 온통 시뻘겋네.'

이준의 생각을 읽은 듯 정훈이 돌아보지 않고 입을 열었다.

"저 그림들을 유심히 보시죠."

"뭐랄까, 되게 추상적이네요."

"맞습니다. 화가가 내키는 대로 그렸다고 할까. 솔직히 저도 모르겠습니다, 저게 예술인지."

"하하하, 예술이 뭐 별거 있습니까?"

정훈의 말에 이준이 웃었다. 한동안 걷다 둘이 다다른 곳은 어느 방의 문 앞이었다. 정훈이 잠겨 있는 문을 열었다. 안을 보니 내부는 텅 비어 있었고, 탁자 하나와 그 위에 붉은 천으로 싼 꾸러미만 보였다. 정훈이 탁자로 가더니 붉은 천을 풀어 헤쳤다. 옆에서 보고 있던 이준의 눈이 동그랗게 커졌다.

"책이네요."

"맞습니다. 고서적입니다."

"음, 이건…… 처음 보는 형태인데?"

검은 표지의 낡은 서적. 이준이 허리를 구부려 더 가까이 살펴봤다.

"재질이? 만져봐도 됩니까?"

정훈이 고개를 끄덕였다. 이준이 조심스레 손을 들어 가만히 고서적 표면을 손가락으로 건드렸다. 꺼끌꺼끌했다. 이준이 그대로 시선을 서적의 위쪽 가장자리로 옮겼다. 제본 형식을 보려는 거였다. 살펴보던 이준이 고개를 저었다.

"이상하네. 언뜻 보기에는 양장 형식이 그리모어(grimoire)의 일종 같았는데, 제본은 또 다르네."

"그리모어가 뭡니까?"

정훈의 질문에 이준이 고개를 돌려 정훈의 눈을 쳐다봤다.

"마법과 소환을 다룬 서적을 뜻합니다. 편하게 말하자면 일종의 마도서(魔導書)죠. 중세 유럽에서 유래된 일종의 오컬트 서적."

"마도서라……"

"당시에는 종교적인 이슈가 많았기에 유행의 일종이었어요. 알잖아요, 그때 유럽 상황. 반 미쳐 돌아서 마녀사냥이니 뭐니."

이준이 서적을 만지며 중얼거렸다.

"그런데 제본 형식은 전형적인 선장(線裝)입니다. 동양의 제본 방식이라는 거죠."

"선장? 저는 무슨 말인지 감이 잡히지 않네요."

"아, 명나라 시기에 만들어진 제본법인데 동아시아 고서들은 대부분 이 방식을 씁니다."

"흥미롭네요."

이준이 굽힌 허리를 펴더니 정훈을 보며 씩 웃었다.

"많은 고서적을 봐왔지만 이런 동서양의 특징이 합쳐진 건 처음입니다. 이 서적이 이번 의뢰 물건입니까?"

"맞습니다."

"펼쳐봐도 될까요? 실례가 안 된다면."

"괜찮습니다. 어차피 의뢰도 책 내용에 관한 건이니까요."

이준이 가만히 서적의 표지를 들어 넘겼다. 표지를 펼치니 기묘한 내부 형태가 보였다. 표지와 비슷한 재질로 낱장이 각각 봉인되어 있는데, 그 수가 셋이었다. 첫 번째와 두 번째는 봉인이 풀어진 상태라 확인할 수 있었다. 이준이 손가락으로 낱장을 매만졌다. 굉장히 두꺼운 재질이었다. 일반적인 종이가 아니었다. 이준이 고개를 갸웃하며 낱장에 적혀있는 문장을 확인했다. 어디서도 볼 수 없는 문자였다. 이준이 눈살을 찌푸렸다.

"이건 처음 보는 고어(古語)네요. 거의 암호 수준이네. 해석하기 힘들겠는데요?"

"해석은 필요 없습니다. 읽을 수 있는 독음 방법만 알아내면 됩니다."

이준이 정훈을 쳐다보며 물었다.

"고서적의 내용을 조사하는 게 아닙니까?"

"저는 그저 전달만 할 뿐입니다. 제 의뢰인께서는 고서적의 '두 번째 장에 적힌 내용의 독음이 뭔지?'를 확인해달라고 했습니다."

"읽을 수만 있으면 된다?"

이준이 어깨를 으쓱하며 중얼거렸다.

"내용은 필요 없다는 거죠?"

"어떻게 하시겠습니까? 시간이 좀 촉박합니다."

이준이 세 번째 봉인을 보며 입을 열었다.

"촉박하다고요?"

"기간은 12월 25일까지. 일주일입니다."

"일주일은 너무 짧아요."

"어쩔 수 없습니다. 저희도 사정이 있으니."

"이거, 혹시 소환서 아닙니까?"

이준의 날카로운 질문을 던지며 정훈의 표정을 살폈으나, 정훈의 표정은 변화가 없었다. 정훈의 눈을 뚫어지게 쳐다보던 이준이 피식 웃었다.

"말이 독음이지 주문을 알아내라는 거잖아요. 근데 진짜 모르시나 봅니다, 그쪽은 미동도 없는 걸 보면."

"전 그저 지시받은 대로만……."

"뭐, 상관없습니다. 배후가 누구든 뭘 소환하고 싶은지는 나랑 관계없고, 어쨌든 두 번째 페이지에 적힌 주문만 알아내면 된다는 거잖아요."

"맞습니다."

"좋아요. 해보죠. 그런데 이거…… 밖으로 유출해도 되나요? 귀중품일 텐데. 아무래도 제가 보관하면서 조사해야 할 것 같은데."

"상관없습니다."

정훈이 이준을 가만히 쳐다보며 말을 이었다.

"귀중한 물건은 맞습니다. 하지만 조사를 위해서라면 협조할 의향도 있습니다. 물론 이준 씨가 다른 의도를 가지고 행동한다면 문제가 됩니다. 설마 그러시진 않겠지만……."

"……."

"전문가니까요. 믿고 맡기는 겁니다."

"전 아까도 말씀드렸습니다. 신용이 생명이라고."

이준은 의뢰 내용이 흥미로웠다. 모처럼 초심으로 돌아간 기분이었다. 이런 형태의 고서적은 처음이었다. 게다가 내용이 아닌 독음만 확인해달라는 것도 재밌었다. 이준은 소환이나 기타 미신들은 믿지 않았다. 오컬트 전문가지만 직접 겪어 보지 않은 것은 신뢰하지 않는 현실주의자다. 어려운 의뢰지만 희미하게 실마리가 잡혔다. 정말 소환서라면 그쪽에 대해 잘 아는 지인이 있었다. 이준이 생각하는 동안 정훈이 붉은 천으로 고서적을 감싸 맸다. 고서적의 크기는 그리 크지 않아 일반적인 책과 비슷했고, 낱장도 세 장뿐이니 두께도 얇아 품에 지닐 수 있었다. 정훈에게 고서적을 받아 든 이준이 고개를 숙였다.

"시간이 없으니 바로 시작하겠습니다."

"그럼 잘 부탁드리겠습니다. 작업이 완료되면 연락은 저에게 주시면 됩니다."

정훈이 명함을 건넸다. 명함에는 별다른 정보 없이 이름과 연락처만 표기되어 있었다. 이준이 고서적과 명함을 챙겨 일어섰다.

"착수금은 계좌로 부탁드립니다."

*

맥주병을 흔들어 거품을 만들던 이준이 탁자 위에 올려놓은 고서적을 세심히 살폈다. 거품이 생긴 맥주를 병째로 들이켠 뒤 고서적의 표지를 손바닥으로 훑었다. 감촉을 느낀 뒤 고개를 숙여 냄새를 맡았다. 다시 맥주를 한 모금 마신 이준은 그대로 소파에 앉아 눈을 감고 생각에 잠겼다.

'가죽이 확실해. 무두질이야 선사시대부터 이어져온 기술이니 썩지 않게 만드는 건 어렵지 않아. 그렇다면 어떤 동물의 가죽일까? 낱장을 봉인한 가죽 주머니도 같은 재질일까? 첫 번째와 두 번째 낱장은 봉인을 풀었으면서 왜 세 번째는 그대로 뒀을까?'

여러 가지 생각들이 이준의 머리에 맴돌았다. 스마트워치를 보니 오후 7시가 넘어가고 있었다. 이준이 자리에서 일어나 고서적을 챙겼다.

'그 영감이라면 잘 알겠지. 찝찝하지만.'

어쩔 수 없었다. 협회 소속이 아닌 이들 중에 가장 뛰어난 골동품 전문가를 찾는다면 김 선생밖에는 답이 없었다. 이준이 미리 연락해두었기에 김 선생이 운영하는 가게에서 잠깐 보기로 했다.

"기분 좀 맞춰주자고."

주차된 차에 올라타 시동을 건 이준이 스마트폰과 연결한 블루투스 이어폰으로 통화를 시도했다. 차도로 나가는 순간에 맞춰 얇고 찢어지는 특유의 목소리가 들렸다.

"오냐."

이준이 쾌활한 척 목소리를 한 톤 올렸다.

"아, 형님. 이제 출발합니다! 얼굴 안 본 지 십 년 됐네. 형님 좋아하는 술 그거 맞죠? '마오' 뭐였더라?"

"네가 먼저 연락해야지, 어린놈. 술은 마오타이."

"아, 사정이 있었다니까요. 자세한 이야기는 만나서 하고, 재미있는 것도 가지고 갑니다!"

"잘 찾아오기나 해!"

통화를 종료한 뒤 이준이 속도를 올렸다. 김 선생은 이준이 아는 이들 중에는 가장 뛰어난 정보상이었다. 그만큼 대가도 비싸긴 했지만, 절대 쓸모없는 정보를 건네지는 않았다. 정보상에게 정보란 곧 돈과 직결되는 문제였다. 돈이라면 사족을 못 쓰는 영감탱이니, 돈만 충분히 지급하면 확실한 단서를 줄 거라고 이준은 확신했다.

신호에 걸려 천천히 서행하다가, 문득 이상한 느낌에 룸미러를 바라봤다. 언제부턴지 회색 차 한 대가 뒤꽁무니에서 떨어지지 않았다.

'기분 탓인가.'

고서적 독음 방법 의뢰를 맡긴 정훈이라는 사내가 한 말이 귓가에 맴돌았다. 어찌됐든 고서적이 그들에게 중요한 물건이라는 건 확실했다. 귀중품을 지니고 있으니 경계를 늦추지 않는 건 당연했다. 신호가 바뀐 걸 모르고 잠깐 정차 중인 이준의 귀에 경적이 크게 들렸다.

빠앙.

"어, 씨. 놀래라!"

이준이 얼른 액셀을 밟아 출발했다. 경적을 울린 차량은 뒤따라오던 회색 차량이었다. 갈림길에 들어서니 회색 차가 이준의 차를 스쳐가며 다른 방향으로 틀었다. 괜한 걱정이었다. 이준이 피식 웃었다.

"쳇, 하여튼 생각이 많으면 피곤하다니까……."

*

주차를 위해 근처 유료 주차장에 차를 세운 뒤 술을 챙겨 차에서 나왔다. 공기가 쌀쌀했지만. 삼삼오오 지나가는 사람들이 보였다. 눈에 잘 띄지 않는 낡은 건물 2층에 있는 전당포가 김 선생의 가게였다. 요즘 전당포를 이용하는 이들은 거의 없다. 과거의 영광처럼 낡고 허울뿐인 간판이 간신히 존재를 알렸다. 김 선생이 진짜 하는 일은 정보 거래고, 이곳은 위장을 위한 미팅 장소일 뿐이었다. 이준을 스쳐 지나가는 커플의 대화가 언뜻 들렸다.

"크리스마스에 맞춰서 예약하려고 했는데 너무 어렵더라."

"괜찮아, 어디든 어때? 둘만 있으면 돼."

'그래, 풋풋하고 좋을 때네.'

이준이 둘의 대화에 미소 짓다가 그제야 일주일 뒤가 크리스마스라는 걸 기억해냈다. 기념일 같은 걸 챙기는 건 취향이 아니지만 그래도 가끔 외롭긴 했다.

'인연이라는 게 있다면 벌써 왔겠지. 이럴 땐 그냥 편하게 마음을 내려놓는 거야. 별생각을 다 하고 있네.'

잡다한 생각에 잠길 때쯤 어느새 건물 앞에 도착했다. 이준이 스마트폰을 꺼내 다시 통화 버튼을 눌렀다.

"형님, 저 왔습니다."

"앞에 비번 1278. 위는 비번 4312."

"네."

이준이 건물 현관 앞에 설치된 잠금장치의 비밀번호를 눌렀다. 현관이 열렸고 안으로 들어섰다. 천장을 슬쩍 보니 CCTV가 보였다. 계단을 오르자 오래된 철문이 반겼다. 잠금장치를 풀고 문을 열었다. 돌아서 책상에 앉아 있는 김 선생의 뒷모습이 보였다. 이준이 목소리를 높여 반갑게 인사를 건넸다.

"오랜만입니다, 형님! 잘 지내셨죠?"

김 선생이 고개를 돌렸다. 하얀 백발과 어울리는 은테 안경이 콧잔등에 떨어질 듯 걸쳐 있었다. 김 선생이 안경테를 올리며 '쯧' 하고 혀를 찼다.

"제멋대로 잠수 타더니 돈이 궁해져서 다시 물 위로 올라왔나 봐?"

"아유, 숨 쉬는 게 빡빡하더라고요. 역시 돈이 최고죠."

"얼른 술이나 줘봐. 대충 안주는 준비했어."

낮은 탁자 위에 탕수육이 준비되어 있었다. 이준이 술병을 꺼내 탁자 위에 올렸다. 잔에 술을 따르는 동안 김 선생이 탕수육 한 점을 들어 우물거리며 질문을 던졌다.

"왜 잠수 탄 거야?"

"그냥 뭐, 개인 사정이죠."

"뭐, 각자 사정이 있기야 하지만……."

김 선생이 잔에 담긴 술을 한 입에 삼켰다.

"넌 안 마셔?"

"차 가지고 와서요."

"대리 불러. 얼마나 한다고."

"그게 좀 사정이 있어요."

김 선생이 잔을 내려놓더니 가만히 이준을 쳐다봤다.

"너, 복귀한 거 협회 쪽에서는 알아?"

"알겠죠? 걔들 쪽수도 많으니까."

"그럼 네가 나랑 만나는 것도 알겠네."

"그냥 형, 동생 만나서 술 한잔하는 건데요. 그러다가 내친
김에 궁금한 거도 물어보고."

이준이 히죽 웃었다. 김 선생 역시 마찬가지였다.

"이 새끼 역시 능청맞네, 이거."

"형님, 꽤 큰 건입니다. 넉넉하게 준비했습니다."

"협회가 모르는 건…… 두 배다."

"협상은 나중에 하시고요. 여기 이거나 봐주세요."

이준이 웃으며 고서적을 꺼냈다. 김 선생이 슬쩍 보더니, 안경테를 만지작거렸다. 이준이 고서적을 내려놓고는 김 선생의 반응을 살폈다. 말 없던 김 선생이 탕수육 그릇을 옆으로 치웠다.

"독특한 형태구먼."

"언뜻 보기에도 그렇죠? 이거 재질이 뭔지 알 수 있겠어요?"

"표본이 좀 필요한데."

"음, 훼손하는 건 좀 그래요. 다른 방법은 없나요?"

이준이 첫 장과 두 번째 장의 풀어진 봉인 주머니 안쪽을 만지며 답했다. 비비적거리는 동안 뭔가가 긁혀 이준이 손가락을 확인했다. 손톱 안쪽으로 미세한 조직 조각이 붙어 있었다. 지켜보던 김 선생이 피식 웃었다.

"지가 훼손할 거면서 쓸데없는 소리는."

"아니, 이건 고의가 아니라고요."

잠깐 놀랐지만, 이준은 덤덤히 넘어가기로 했다. 낱장을 훼손한 건 아니니까 상관없겠다 싶었다. 김 선생이 자리에서 일어나더니 책상에서 뭔가를 들고 왔다. 옛날 학습 교재로 사용했던 소형 현미경이었다. 김 선생이 이준의 생각을 눈치챘는지 바로 설명했다.

"그냥 현미경이 아냐."

"그렇겠죠."

"이거, 이래봬도 엄청 비싼 거야. 수제품이라고, 최첨단인."

"최첨단 현미경이요?"

"보면 알아."

김 선생이 이준에게 손바닥을 내밀었다. 이준이 손톱에 묻은 봉인 조직의 조각을 건넸다. 조각을 작은 케이스에 넣은 김 선생이 현미경을 조작했다. 조작이라고 할 것도 없었다. 버튼만 누르는 게 다였으니까. 윙윙거리는 소리와 함께 렌즈가 빛을 내기 시작했다. 신기한 듯 쳐다보는 이준을 보며 김 선생이 툭 말을 던졌다.

"돼지일까, 소일까? 가죽은 분명한데."

"소가 아닐까요?"

"왜 그렇게 생각해?"

"아, 그게…… 저는 이 고서가…….."

신호음이 울렸다. 김 선생이 기계 위를 우산처럼 덮고 있는 덮개를 위로 올렸다. 알고 보니 작은 액정 화면이었다. 분석 결과가 간략하게 표기되는 방식 같았다. 김 선생이 화면을 뚫어지게 쳐다보더니 대뜸 비속어를 내뱉었다.

"이런 니미럴!"

"왜요, 뭔데요?"

이준의 물음에 김 선생이 손가락으로 액정 화면을 가리켰다. 이준이 몸을 틀어 화면을 쳐다봤다.

[human skin. 99%]

"어? 인피(人皮)라고?"

이준이 놀란 눈으로 김 선생을 쳐다봤다.

"돼지가죽이랑 착각한 거 아녜요? 인피랑 돈피는 구성이 거의 같다던데."

김 선생이 고개를 저었다.

"비싼 거라고. 그런 것도 헷갈리면 이걸 뭐 하러 써."

"하, 기분 더러워지네요."

"이거 어디서 났는지 알려줄 수 있어?"

김 선생이 물었다. 이준이 고개를 흔들자 김 선생도 더는 묻지 않았다. 이준이 한숨을 내쉰 뒤 턱수염을 긁적거렸다.

"이 책 보면 딱 어떤 느낌이 들어요, 형님은?"

"그리모어."

"거기에 인피 재질이라……. 제대로 만들었고 기분도 되게 찝찝해. 한마디로 재수 없는 책이지."

김 선생이 중얼거리며 고서적을 유심히 살폈다. 한참을 살펴보던 김 선생이 뭔가 떠올랐는지 이준을 보며 말했다.

"이거 소환서가 맞겠지?"

"누가 봐도 수상한 기운을 풍기고 있잖아요. 애초 내가 알고 싶은 정보도 이걸 읽는 독음 방법이에요."

이준이 두 번째 낱장을 가리키며 답했다. 잠깐 생각에 잠긴 김 선생이 자리에서 일어섰다. 그대로 책상 뒤쪽 책장으로 간 그가 책을 몇 권 꺼냈다. 하나, 둘, 세 권을 꺼내니 벽 쪽으로 작은 금고가 나타났다.

"예전에, 정보를 판 게 하나 있거든."

김 선생이 금고에서 낡은 노트를 꺼내더니 뭔가를 찾는 듯 페이지를 넘겼다. 이윽고 탁자로 돌아온 김 선생이 노트를 펼쳐 이준에게 보여줬다.

"이거 봐봐."

노트에는 간단한 스케치가 그려진 종이가 스크랩되어 있었고 그 옆에 날짜와 시간 등이 적혀 있었다. 그림을 본 이준이 놀라 물었다.

"어? 디자인이 비슷한데요? 특히 봉인된 낱장요."

"꽤 오래전 일이라 긴가민가했는데, 소환서라는 말에 문득 생각이 났어. 그때 의뢰인이 분명 이걸 소환서라고 했거든. 그러면서 어떤 구전을 찾는다고."

"구전이요?"

"그래, 이 그림 속 책과 관련된 '소환 의식에 대한 구전'."

이준이 다시 스케치 그림 옆의 날짜와 시간을 확인했다. 얼추 이십 년 전이다. 김 선생이 말을 이었다.

"강원도와 연관된 구전이라고 했어. 나야 정보상이니까 그쪽 지역에 빠삭한 사람을 알려줬지. 그 사람을 찾아가라고."

"누군지 저도 알려주세요. 보수는 넉넉히 드릴 테니까."

"이미 죽었어."

김 선생의 말에 이준이 다시 한숨을 내쉬었다. 김 선생이 안경테를 만지며 물었다.

"이제 어떡할 거야?"

"이왕 이렇게 된 거 지푸라기라도 잡아야죠. 이거 사진 찍어도 됩니까?"

"2천만 원."

"와, 씨……. 너무하시네!"

"그리고 나머지 8천만 원 추가해서 1억 맞춰준다면…… 좋은 정보를 알려주지."

"우리가 딜 하는 사입니까?"

"비즈니스는 비즈니스지."

이준이 인상을 찡그리다가 결국 고개를 끄덕였다. 곧바로 스마트폰을 통해 이체한 뒤 가늘게 뜬 눈으로 김 선생을 노려봤다. 김 선생이 킥킥 웃었다.

"확인했네. 그나저나 진짜 큰 건인가 봐?"

"시간이 없어서 그래요."

"그럼 추가 정보를 알려줄게."

김 선생이 펜을 들어 노트에 뭔가를 써 내려갔다. 이름과 주소, 연락처였다. 북 찢어 이준에게 건네며 김 선생이 말했다.

"구전에 대한 걸 알려줬던 이의 이름과 사는 주소야."

"네? 이미 죽었다면서요."

"어, 죽었지만 가업은 이어서 하는 거 같던데. 무당이었거든. 그러니 그 구전에 대해서도 알 수 있을지 몰라."

이준이 벙찐 표정으로 김 선생을 쳐다보자, 김 선생이 낄낄대며 말했다.

"크크큭. 솔직히 진짜 1억 쏠 줄…… 나도 몰랐으니까."

"'가장 위험한 공격은 친구가 찌르는 칼이다.' 이 말 알죠? 지금 형님이 딱…….'"

김 선생이 이준의 어깨를 툭 치며 히죽 웃었다.

"에이, 어쨌든 정보 줬잖아. 정보를 얻었으니 빨리 그 의뢰를 해결해야지."

"알겠습니다. 오늘 형님께 많이 배웁니다."

이준이 자리에서 일어섰다. 사진을 촬영하고 고서적을 챙긴 뒤 그대로 몸을 돌렸다. 나가기 전 이준이 질문을 던졌다.

"그런데요, 형님. 여기 비밀번호 저한테 막 알려줘도 괜찮아요? 제가 몰래 들어와서 뭐라도 털어 가면 어쩌려고요."

"그럴 리가 있나. 넌 그런 위험을 감수할 만한 놈이 아니야. 그리고 비번은 출입할 때마다 매번 바꿔. 오지랖 떨지 말고 얼른 가서 일이나 해."

이준이 헛웃음을 짓더니 문을 열고 나갔다. 이준이 떠난 뒤에도 문 쪽을 빤히 쳐다보던 김 선생이 스마트폰을 꺼내 어디론가 전화를 걸었다.

*

무언가 이상했다. 자택 근처로 들어오던 이준이 속도를 줄이며 천천히 서행했다. 겉으로 보기에는 별다른 변화는 없지만, 이준의 감은 달랐다. 일부러 자택을 지나치며 주변을 확인했다. 그리 멀지 않은 곳에서 수상한 봉고 차 한 대가 보였다. 평소 보지 못했던 차였다. 이준은 서행을 유지하며 그곳을 벗어났다.

'어떤 놈들일까?'

누군가 이준을 노리고 있었다. 육감이 낯선 방문자의 침입을 알렸다. 이준이 입술을 잘근 깨물었다. 혹시 다른 의도를 가진 건 아닐까, 감시하려는 의뢰인의 의도일까, 아니면 보고되지 않은 일을 확인하려는 협회 쪽일까. 별별 생각이 이준의 머리를 어지럽혔다.

'위험한 일은 딱 질색인데.'

빠앙.

경적이 울려 놀란 이준이 급브레이크를 밟았다. 앞에 차가 마주 본 채 서 있었다. 생각에 잠긴 나머지 그만 일방통행 골목길로 진입해버린 탓이었다. 이준이 얼른 후진하며 차체의 방향을 틀었다. 다시 돌아가는 꼴이 됐다. 아까 보았던 봉고차를 지나치는데, 차 안에서 수상한 남자들의 눈초리가 보였다. 마치 이준을 감시하듯 하지만 별다른 행동은 없었다. 이준은 다시 본인의 집 근처로 돌아왔다.

'일단 의뢰인 쪽이면 그냥 감시하는 걸 테고, 협회면 골치 아프긴 하겠지만 사람 해치는 조직은 아니니까.'

이준이 고민하다가 집 근처 주차장으로 차를 옮겼다. 차에서 내리자마자 아까 본 봉고 차가 있는 방향으로 시선을 옮겼다. 언제든지 밟으면 튀어 나갈 수 있게 시동은 켜두었다. 별다른 낌새가 보이지 않아서 이준은 현관으로 향했다.

'설마, 갑자기 튀어나오는 건 아니겠지?'

이준이 미리 호신용으로 꺼내 든 삼단 봉을 꾹 움켜쥐었다.

현관 앞에 서서 잠금장치 비밀번호를 누르면서도 계속 경계를 늦추지 않았다. 잠금장치가 풀렸다. 이준이 삼단 봉을 펼친 뒤, 천천히 문을 열었다.

'없잖아, 괜히 사람 쫄리게.'

아무도 없었다. 집 안은 나올 때 모습 그대로였다. 불을 켠 뒤 이준이 거실 구석구석을 살폈다. 누가 들어왔다면 흔적이 남을 텐데 변화는 없었다.

'그럼 그건 뭐였을까?'

이준은 육감 하나만 믿고 오컬트 전문가로 지내왔다. 경계를 풀고 냉장고에서 물병을 꺼냈다. 병째로 벌컥벌컥 마시는데 현관 쪽에서 무슨 소리가 들렸다. 놀란 이준이 물병을 떨어뜨리며 바로 삼단 봉을 들었다. 조심스레 다가간 이준이 현관 밖에서 나는 소리에 귀를 기울였다.

통통통.

문을 두드리는 소리였다. 이준이 숨을 깊게 들이마신 뒤 큰 소리로 소리쳤다.

"누구야?"

"아, 안녕하십니까, 이준 씨. 저는 신비협회(神祕協會) 소속 박인서 주임이라고 합니다."

"협회? 협회가 찾아올 이유는 없는데?"

귀찮게 되어버렸다. 어디서 소식을 들었는지 들러붙고, 질척거릴 게 뻔했다. 분명 고서적의 존재를 알고 추궁하려는 게 틀림없었다. 현관 위쪽에 CCTV를 설치해뒀기에 바로 스마트폰으로 접속해 확인할 수 있었다. 이준이 화면을 클릭하자 정장을 말끔히 차려입은 젊은 사내의 모습이 눈에 들어왔다. 사내가 다시 문을 두드렸다.

통통통.

"일단 문을 열어주시죠. 뵙고 협의드릴 일이 있습니다."

"뭘 믿고 문을 열어."

"하, 모르십니까? 협회는 정부가 인정한 곳입니다. 제가 위험한 사람이 아닌 것도 아실 테고요."

"그냥 밖에서 말해도 되잖아."

"중요한 얘기라 직접 보고 말씀드려야 합니다. 당신이 이준 씨라는 것도 확인해야 하고요."

"그러니까 그런 건…… 문을 안 열어도 대화만 통하면 되는 거라고."

"문을 열어주지 않는 다른 이유라도 있으십니까? 혹시 협회가 알면 안 되는 일이라든가."

"헛소리하고 있네. 이거 주거 침입이야, 알아?"

"이렇게 비협조로 나오시는 이유가 뭔지 참 궁금하군요."

자신을 박인서 주임이라 소개한 이가 품에서 뭔가를 꺼냈다. 작은 수첩이었다. 아니, 수첩으로 보이는 기계 장치였다. 박 주임이 장치를 잠금장치 키패드 부분에 갖다 댔다. 놀란 이준이 버럭 소리를 질렀다.

"지금 뭐 하는 거야! 무슨 짓거리냐고!"

"현관 비밀번호 확인하고 있습니다."

"이 미친놈이! 이거 다 CCTV에 찍히고 있어! 나중에 경찰에 제출할 거야!"

"네, 마음대로 하세요. 저희도 경찰 쪽에는 나름의 연줄이 있으니까요."

"너, 진짜 협회 소속 맞아?"

"아까 말씀드렸는데요. 박인서 주임입니다."

"어디 부서인데?"

"어디 부서라고 말씀드려도 어차피 이준 씨는 모르잖아요. 안 여실 거면 그냥 조금만 기다리시죠. 지금 열고 있으니까."

"왜 모른다고 생각하지? 나도 한때는 협회 소속이었어."

이준의 말과 동시에, 박 주임이 움직임을 멈췄다. 쉬지 않고 이준이 계속 쏘아댔다.

"이미 경찰에 신고했어. 조만간 올 거야. 그동안 네가 문 연다 해도 난 널 안으로 들이지 않을 거고. 뭐, 사채업자야? 사채

업자도 이런 건 불법 추심이라 안 해!"

"네, 네. 조금만 기다리세요."

박 주임이 다시 장치를 조작했다. 이준이 서둘러 거실로 뛰어가 지갑이랑 충전기 등을 챙겼다. 역시 이준의 이상한 감은 틀리지 않았다. 철컥거리며 손잡이가 움직였다. 이준이 놀라 삼단 봉을 치켜들었다. 현관 밖에서 한숨 소리가 들렸다.

"휴, 왜 이렇게 오래 걸려. 이거 쓰레기네."

"너 어디 소속이야? 협회 아니지?"

쾅.

다짜고짜 문을 닫는 소리에 이준은 말문이 막혔다. 화면을 보니 박 주임이 살벌한 표정으로 인상을 구겼다.

"아, 아까부터 듣고 있으니 빡치네! 왜 계속 반말이야?"

박 주임의 목소리 톤이 낮아졌다.

"나 알아? 왜 반말이냐고. 뭐, 카메라 찍고 있으면 누가 구해 준대? 크큭."

철컥철컥.

현관문의 문고리가 계속 돌아갔다.

쾅.

이준이 다시 CCTV 화면을 보자 박 주임이 고개를 흔들며 장치를 보고 수를 세고 있었다.

"90······ 92······ 94······. 100프로 되면 넌 죽는다!"

박 주임이 정장 주머니에서 뭔가를 꺼내 CCTV 쪽을 향해 흔들었다.

"이거 보여? 이걸로 너 먹따고 카메라 회수하면 그만이야."

군용 나이프였다. 이준의 눈이 휘둥그레졌다. 이준은 그가 의뢰인 쪽도 협회도 아니었음을 깨달았다. 가슴이 두근거렸다. 아까는 공갈이었지만 지금은 진짜로 경찰에 신고해야 하는 상황이었다. 서둘러 이준이 스마트폰을 누르려는데, 삑 소리가 들리며 현관문이 벌컥 열렸다. 놀란 이준이 스마트폰을 떨어뜨렸다. 박 주임이 씩 웃으며 나이프를 들고 서 있었다.

"야, 책은 어디 있냐?"

"이야아!"

이준이 고함을 지르며 삼단 봉을 휘둘렀지만, 가볍게 피한 박 주임이 그대로 달려와 이준의 가슴을 밀쳤다.

"어억!"

자빠진 이준의 가슴을 발로 밟으며 박 주임이 나이프를 들어 흔들었다.

"다시 묻는다. 책은 어디 있냐?"

"이, 이거 치우지 못해!"

"순순히 건네주면 고통 없이 가는 거고, 아니면 고통 받다가는 거고. 선택해."

빡.

순간, 둔탁한 소리와 함께 박 주임이 옆으로 넘어졌다. 이준이 가쁜 숨을 고르며 고개를 들자 누군가 야구 배트를 들고 서 있었다. 누워 있는 이준을 보며 그가 계속 숨을 헐떡거렸다.

"헉헉, 이게 무슨 일이죠?"

"다, 당신은 또 누구야?"

"아, 저는 신비협회 소속……."

바닥에 떨어진 스마트폰이 울려 이준이 황급히 들었다.

"제 소개가 늦었네요. 전…… 이수현 대리라고 합니다. 요 근처에 주차하고 선생님 기다리고 있었는데요! 들어가시는 거 보고 나왔는데, 수상한 사람이 있길래 배트를……. 아, 제가 사회인 야구가 취미거든요."

이수현 대리의 말을 듣는 둥 마는 둥 이준이 스마트폰을 귀에 갖다 댔다.

"너 어디야!"

김 선생의 목소리였다. 이준이 황급히 답했다.

"형님, 거기 괜찮아요?"

"야! 여기 협회 소속이라고 누가 찾아왔었어! 너 대체 뭔 짓을 하고 다니는 거야!"

"아니, 하긴 뭘 해요! 일단 거기로 갈게요."

이준이 일어서자 주저리주저리 말을 잇던 이수현 대리가 흠칫 놀라 입을 다물었다. 이준이 손을 내밀었다. 이수현 대리가 눈을 끔벅하며 쳐다보자 이준이 대뜸 소리쳤다.

"명함!"

"아, 네! 잠시만요!"

이수현 대리가 명함을 꺼내 건네자 받아 든 이준이 이수현 대리의 어깨를 툭 쳤다.

"바쁘니까 나중에 연락해도 될까? 구해줘서 고마워."

"아, 뭐……. 네……. 그런데 대체 무슨 상황인지?"

"저 새끼, 사이코 살인마야."

"네? 아니, 이런!"

이수현 대리가 화들짝 놀라 야구 배트를 치켜들었다. 이준이 그대로 이수현 대리를 비켜 내달렸다.

"아, 잠시만요! 상황 설명 좀……. 아니, 저 드릴 말씀이 있어서 왔다고요!"

이준이 서둘러 차를 향해 뛰었다. 앉자마자 바로 후진한 뒤 액셀을 밟았다. 이준은 김 선생 쪽이 걱정이었다. 괜히 자신과 엮여 해를 당한다면 또 죄책감에 휩싸일 게 뻔했다. 이번에는 그러고 싶지 않았다.

"하, 씨……. 발 잘못 들였네."

후회할 시간이 없었다. 이미 엎질러진 물이었다.

*

김 선생의 전당포가 있는 건물 앞에 도착하자마자 이준은 바로 연락했다.

"형님, 나 왔소!"

"비번 아까 그대로야. 빨리 와."

'현관은 1278? 위층은 4312였나?'

이준의 기억이 맞았다. '삑' 소리와 함께 문이 열렸다. 순간, 또 이상한 감이 느껴졌다. 이준이 멈춰서 잠시 생각에 잠겼다.

'설마?'

이준이 다시 걸음을 옮겼다. 계단을 오르고 다시 잠금장치를 만졌다. 이번에도 맞았다. 그리고 직감했다. 문이 열리는 순간, 이준이 그대로 삼단 봉을 들어 휘둘렀다. '퍽' 하는 소리와 함께 낯선 사내가 얼굴을 얻어맞고 바닥에 나뒹굴었다. 그 뒤로 사내 둘과 김 선생이 서 있었다. 이준이 한쪽 입꼬리를 올리며 김 선생을 쳐다봤다.

"설마 했는데 감이 오더라고……. 그나저나 형님, 이렇게 뒤통수를 치면 어떡하십니까!"

"눈치 챘어? 어떻게 알았어."

"영감탱이! 그 주둥이로 떠든 거 기억 안 나? 비번은 다른 사람이 출입할 때마다 바꾼다고. 그 말대로라면 내가 다시 올 걸 예상했다는 거 아냐."

"역시! 예전 명성 어디 안 가. 그 촉 말이야. 참 신기하다니까? 잔머리도 있고."

김 선생이 씩 웃었다. 고개를 까딱이자, 건장한 사내 둘이 성큼성큼 이준을 향해 다가왔다. 마치 두 마리의 곰과도 같았다. 이준이 삼단 봉을 거세게 휘두르며 외쳤다.

"이거 티타늄이야! 쳐 맞으면 대가리 깨져!"

사내 둘이 접근을 멈췄다. 김 선생이 고개를 저으며 이준에게 말했다.

"아니, 왜 사서 고생을 해? 넌 그 책만 넘기면 돼. 그러면 의뢰받은 보수보다 더 챙길 수 있어!"

김 선생이 나서며 이준을 설득했다.

"네가 의뢰받은 쪽이 어딘지는 모르겠지만, 그 고서가 내가 찾는 게 맞다면 우리 둘 다 바로 은퇴 각이야. 돈만 쓰다가 죽는 거지."

"개소리 작작 해! 집에 찾아온 그 새끼는 뭐야?"

"큭큭, 응? 누구? 누가 찾아갔어?"

김 선생이 낄낄 웃으며 이준을 바라봤다. 이준의 인상이 구겨졌다. 김 선생이 다시 말을 이었다.

"혹시 신비협회 소속 박 주임일까?"

"이 늙은이가, 말장난은 그만둬!"

"아이고, 어찌 됐든 협회도 다 알게 됐고……. 뭐, 어디 갈 데는 있어? 십 년을 잠수 타다 올라왔더니 바로 다시 잠수라, 아니 익사 각인가?"

"이 사람들은 뭐야."

이준의 물음에 김 선생은 미소만 지을 뿐 대답하지 않았다. 다시 두 덩치가 이준을 향해 슬금슬금 다가왔다. 뒤로 물러서던 이준이 스마트워치의 버튼을 눌렀다. 김 선생이 고개를 기울이며 그런 이준의 행동을 궁금해했다.

"뭐, 어디 SOS라도 쳤어? 경찰?"

"아니, 경찰은 못 믿어."

"새끼, 눈치는 빠르네!"

"영감, 마지막으로 물을게. 이 고서적, 도대체 정체가 뭔데 다들 이 난리지?"

김 선생이 안경을 벗어 닦은 뒤 다시 올려 썼다.

"나도 몰라! 하지만 원하는 사람이 많다는 게 중요하지. 아주 글로벌한."

"해외 쪽도 연결된 건가?"

"일일이 답하는 건 서로 귀찮고. 빨리 그 고서나 내놔. 너도 위험한 건 싫어하잖아. 좋게 가자고."

"옛날이라면 그랬겠지만, 지금은 아니거든?"

신호가 들려 이준이 슬쩍 스마트워치를 쳐다봤다. 메시지였다.

[도착까지 5분.]

"와, 빠르네."

"누가 오는데?"

"궁금하냐? 내가 보증 서준 친구다."

김 선생이 손짓하자 덩치 둘이 점점 더 압박해왔다. 이준이 삼단 봉을 휘두르다가 그대로 김 선생을 향해 내던졌다. 획 날아간 삼단 봉이 김 선생의 얼굴을 정통으로 가격했다. 피가 터지며 김 선생이 비명을 질렀다.

"아악!"

놀란 덩치들이 김 선생을 돌아보는 사이, 이준이 다급히 몸을 돌려 계단을 뛰어 내려갔다. 뒤로 김 선생의 울부짖음이 들렸다.

"크윽, 저 새끼 잡아! 잡으라고! 아니면 우리 다 죽어!"

우당탕 소리와 함께 이준을 쫓는 덩치들의 발소리가 들렸다. 넘어질 뻔한 걸 가까스로 버틴 이준이 그대로 현관을 열고 뛰쳐나왔다. 타고 온 차로 고개를 돌렸지만 주변에 낯선 이들이 있는 게 보이자 포기했다. 그들 역시 이준을 보고 곧바로 달려들었다. 이준이 몸을 돌려 달아나는 동안, 이준을 쫓는 무리는 이제 그 수가 다섯은 되었다. 정신없이 달리는 이준의 눈앞에, 흰색 승용차가 깜박이를 켜고 서 있는 게 보였다. 이준이 다시 스마트워치를 확인했다.

'아직 5분 안 됐는데?'

운전석을 쳐다본 이준의 표정이 밝아졌다.

"약속 시간은 진짜 기가 막히게 지킨다!"

이준이 웃으며 외치자, 흰색 승용차 문이 열리더니 키 큰 사내가 몸을 숙이며 나왔다. 이준이 가까이 오자 사내가 손가락을 까닥거리며 곁으로 오라고 손짓했다. 이준을 쫓는 이들을 보더니 사내가 피식 웃었다.

"십 년 동안 한 번도 안 부르더니 오늘은 누를 만했네?"

"SOS다. 십 년이나 대기 타게 해서 미안하다. 아무튼 뭐라도 해봐!"

"조크냐? 너는 유머 센스가 없어, 예전이나 지금이나."

누가 봐도 튀는 흰색 정장이었다. 그에 비해 셔츠는 검고 넥

타이는 붉었다. 패션 감각이 독특한 차림새였다. 가장 앞서 달려온 놈이 그런 사내를 보고 주춤거리다 멈춰 섰다. 사내가 코를 만지더니 고개를 죽 내밀고 입을 열었다.

"니들 어디 소속이냐?"

"……."

"어라? 거기 뒤에 너! 나 알지? 면상이 익숙한데?"

"……."

"말하기 싫으면 말고!"

흰 정장을 입은 사내가 갑자기 팔을 뻗어 제일 앞에 있는 이의 얼굴을 잡았다. 키가 커서 그런지 팔과 다리도 길었다. 확 잡아당겨 그대로 정강이를 후려 찬 뒤, 중심을 잃은 남자의 얼굴을 바닥에 처박았다. 죽죽 땅바닥을 헤집던 그의 머리채를 그대로 잡아 들었다. 축 늘어진 남자의 얼굴이 온통 피투성이였다. 옆으로 던지며 흰 정장 사내가 고개를 까닥거렸다.

"어이, 거기……. 그 문신은 뭐냐. 잉어냐?"

"……."

"이 새끼들은 주둥이에 지퍼가 달렸나? 누가 주둥아리 잡아 안 딩기면 다들 꿀 처먹은 벙어리처럼 행동하지!"

그제야 누군가가 들릴 듯 말 듯 한 목소리로 말했다.

"기철 형님, 은퇴하셨다고……."

"내가 은퇴한 거랑 너네랑 뭔 상관인데! 아, 빡치게 만드네. 너네가 쫓는 사람이 누군지 알아? 이 정기철의 은인이야!"

흰 정장, 아니 기철이 앞으로 걸어가며 두 손을 풀었다.

"그러니까, 여기서 끝내라! 안 그러면 다들 뒤질 거니까."

"그러면 저희도 죽습니다!"

기철이 코웃음을 치며 이준을 향해 고개를 돌렸다.

"잉어 문신! 보니까 얘네 '북성파' 같은데. 칼부림 전문이고, 넌 뭐 했기에 이런 놈들이 찾아오냐?"

"내가 뭘 알겠냐? 넌 그냥 이참에 나한테 진 빚이나 갚아."

"아, 그렇지. 내가 빚은 절대 잊지 않는 성미지."

기철이 머리 가르마를 쓸어 넘기며 피식 웃었다.

"넌 차에 들어가서 쉬어라."

기철의 말에 이준이 흰색 승용차 안으로 들어갔다.

"야, 너희들. 지금부터 내말 잘 들어라. 난 은퇴했고 북성파 형님들도 잘 아니까…… 괜히 문제 일으키기 싫다? 싫으면 상대는 해 주겠지만 일단 녹취하고 한판 붙자?"

모두가 당황한 표정으로 기철을 바라보았다. 기철이 스마트폰을 꺼내더니 녹음 버튼을 눌렀다.

"하, 사람 인연이란 게 참 묘해! 내가 손가락 하나 보내면서 어둠의 거리를 떠났다고 생각했는데……. 달 밝은 이 밤에 날

어둠에 세계에 다시 끌어들이네. 아, 이 무슨 운명의 장난인가? 아무튼 북성파 형님들! 이 녹음은 오늘 이 사태에 대한 증거입니다. 오늘 사태에 원인은 먼저 시비 건 저 아이들에게 있습니다. 나 정기철, 지금부터 싸우면 저놈들 뒤지든 말든 책임안 진다. 이겁니다!"

"……."

"제 말 무슨 말인지 아시겠죠! 저는 이미 은퇴해서 조용히 법대로 살고 있었습니다! 그런데 제 친구이자 은인을 괴롭히는 걸 제 눈으로 봤다 이겁니다. 건달이 양아치도 아니고 일반인을 괴롭히는 건 아니지 않습니까, 안 그렇습니까! 자, 이제 녹취 끝났다. 바로 한판 붙어?"

눈치를 보던 무리 중 한 명이 당황한 목소리로 말했다.

"저기 기철 형님, 그만하시죠. 저희가 돌아가겠습니다."

이준을 쫓던 일행이 뒤로 물러났다. 기철이 고개를 갸웃거렸다.

"죽기 싫거든요. 뵈서 영광이었습니다. 그럼."

무리들이 인사한 뒤 사라졌다. 기철이 스마트폰을 주머니에 집어넣었다. 운전석에 올라탄 기철이 고개를 돌려 뒷좌석에 앉은 이준을 향해 물었다.

"도대체 뭔 일이냐?"

"내가 의뢰를 하나 받았는데 이게 좀 심각하네."

"너 그런 거 되게 가리는 주의 아니었냐? 거…… 뭐였더라? 안전제일주의."

"뭔가 갑자기 꼬였어. 나도 지금 정신이 하나도 없다고."

"그냐? 그러면…… 앞으로도 위험하겠지?"

이준이 말없이 고개를 끄덕였다. 기철이 씩 웃으며 시동을 걸었다.

"야, 갈 데 없으면 내 사무실로 가자."

"너 사업하냐?"

액셀을 밟으며 기철이 히죽 웃었다.

"뭐……. 작은 사무실 하나 운영해. 후배들이랑."

"잘됐네. 돈은 잘 벌고?"

"먹고살기에는 괜찮지. 옛날의 내가 아니다, 이제. 그냥 먹고 자는 거만 해결하면 그만이다. 나 예전에 그 흐리멍덩한 시절은 다 잊었다."

"다행이네."

이준의 대답에 기철이 슬쩍 고개를 돌려 쳐다봤다. 둘의 눈이 마주쳤다. 기철의 눈은 웃고 있었다. 운전하는 도중인지라 이준이 급히 기철에게 경고했다.

"뭐 해, 인마. 운전하면서 앞은 안 보고."

"야야, 뭘 그리 떠냐? 너답지 않게."

기철이 고개를 돌렸다. 잠깐 침묵이 흘렀다.

"킥킥킥."

기철이 웃기 시작했다. 웃음소리에 잠깐의 침묵이 깨졌다.

"나, 손가락 하나로 퉁친 거 다 너 때문이잖아. 그때 그 박력은 어디 가고?"

"그래, 그 박력이랍시고 오버했다가 십 년 놀았다……."

이준의 시선이 룸미러로 향했다. 이번에는 룸미러를 통해 서로 눈을 마주쳤다. 기철의 눈빛은 미안함을 말하고 있었다. 기철이 다시 입을 열었다.

"야, 뭔 일인지 뭐가 꼬였는지 잘 모르지만……."

"……."

"나는 네 편이다."

민망해진 이준이 괜스레 언성을 높였다.

"당연한 거 아니냐? 내가 너 때문에 십 년을 잠적했는데!"

"그러니까. 정말 고맙다고."

기철이 액셀을 힘껏 밟았다. 차량이 쭉 앞으로 치고 나갔다.

"나 같은 깡패 새끼도 불알친구라고, 편견 없이 봐준 것도."

"아, 씨……. 분위기 이상하게 만들지 말고 좀 그냥 닥치면 안 되냐?"

"그래? 알았다."

기철이 킥킥 웃으며 손을 흔들었다.

"형만 믿어."

"형은 무슨……. 그래도 오늘 고마웠다. 진짜 올 줄 몰랐는데. 그런데 어떻게 빨리 온 거야?"

"마침 근처에서 일하던 중이라 신호 받자마자 후배한테 넘기고 날아왔지. 아무튼 그래서 앞으로 어쩔 생각이냐?"

"우선 단서는 찾았으니까."

이준이 고개를 좌우로 돌렸다. 목이 뻐근했다. 삼단 봉을 마구 휘두른 여파일까. 깍지를 낀 뒤 스트레칭을 하며 몸을 풀었다. 기지개를 켠 이준이 편하게 자세를 고쳐 앉았다.

"사무실 말고 강원도로 가자."

"좋네. 지금이면 눈발로 좍 덮였겠네. 온통 흰색일 테니."

기철이 웃으며 중얼거렸다.

"난 하얀색이 좋거든."

넘어온 두 사람

202X년 12월 25일

'곧 있으면 열차가 다시 멈춘다. 무슨 일이 벌어질지 아직 모른다. 어쩌면 그 바깥의 존재들이 다시 나타날 수도……'

성식이 긴장한 채 마른침을 꿀꺽 삼키자 다음 정차 역을 소개하는 안내 방송이 흘러나왔다.

―이번 역은 신촌, 신촌역입니다.

성식은 멀찌감치 떨어져서 열리는 문을 지켜보았다.

치익.

붉은 눈알과 함께 그것의 모습이 보였다. 그것은 아까 끌고 갔던 긴 머리 여자의 시체를 들고 있었다. 여성의 몸은 갈기갈기 찢어진 채, 너덜너덜한 상태로 들려 있었다. 구역질이 나올 것 같아 성식이 고개를 돌렸다.

"젠장!"

붉은빛을 띠는 그것들, 이 세상에 존재하지 않는 것들이었다. 생전 처음 본 존재였다. 성식이 아는 그 어떤 생물과도 닮은 구석이 없는. 천천히 부유하는 그것은 뒤룩뒤룩 눈알을 굴리며 둘을 쳐다보고 있었다. 의미를 알 수 없는 눈빛이었다. 우스갯소리로 영혼이 없는 눈빛처럼 멍한 것 같으면서도 몸을 꿰뚫어버릴 것 같은 그 시선에, 등골에 소름이 주룩 훑고 지나가 몸을 흠칫 떨렸다.

"도대체 저게 뭘까요……."

"저도 모른다고요."

"여긴 도대체 어디고, 왜 저런 괴물들이 설치는 겁니까?"

"그건 저도 알고 싶어요."

순간, 그것 중 하나가 쏜살같이 문 쪽으로 달려들었다.

"으아악!"

성식은 비명을 지르며 뒤로 나자빠졌다. 그러나 그것은 들어오지 않았다. 아니, 들어오고 싶은데 들어오지 못하는 것 같았다. 여자가 소리를 질렀다.

"잡히기 전에 피해요!"

"나도 알아요!"

몸을 잡아채 갈지도 모른다는 두려움에, 성식은 다급히 앉은 채 뒷걸음질을 쳤다. 바로 문턱까지 오던 그것이, 돌연 움직임을 멈추었다. 그러고는 천천히 머리를 돌려보다 그대로 옆으로 쑥 지나쳐 갔다. 안도하는 성식의 눈에, 그것에 잡혀 들려 가는 찢긴 긴 머리 여성의 머리가 보였다. 그 머리가 문가에 퉁 걸리고, 피가 성식 쪽으로 튀었다.

"아아악!"

놀라 소리치며 뒤로 피하자, 문에 몇 번 걸려 쿵쿵대던 긴 머리 여성의 시체가 밖으로 쑥 빠져나갔다. 성식은 엉금엉금 기어 통로 안 여자에게로 향했다. 아무 도움이 못 되는 그녀지만, 적어도 혼자 있는 거보다는 나을 테니. 그녀는 그것들이 끔찍하게 찢어대는 모습을 보지는 못했지만, 대충 예상한 듯 몸을 오들오들 떨고 있었다. 다리가 후들거렸다. 성식이 겨우 일어서자 여자가 놀란 듯 입을 열었다.

"왜 안 닫혀요?"

"뭐, 뭐 말이에요?"

"지하철 문 말이에요! 왜 안 닫혀요?

"그게 무슨 말인지……."

"문이 닫혀야 열차가 출발하잖아요!"

성식의 심장이 덜컥했다. 그러고 보니 문이 안 닫히고 있었다. 성식의 시선이 서서히 열린 문으로 향했다. 검은 안개가 자욱이 깔린 것처럼, 형태가 흐릿한 그것들이 문 주위를 배회하고 있었다. 몸은 검은 천을 뒤집어썼는지 아니면 어두운 그림자인지 불분명했지만, 그 커다란 눈알과 쩍 벌어지는 붉은 입가는 아주 또렷해서 극명한 대비를 이루었다. 마치 머리만 떠다니는 것처럼.

"정말 왜 안 닫히지?"

기어들어 가는 목소리로 성식이 중얼거렸다.

"이제 어떡해요? 혹시, 저것들이……."

여자도 겁에 질려 물었다. 무서운 건 성식도 마찬가지였지만, 섣불리 단정할 수 있는 게 아니라서 대답은 하지 않았다. 성식이 침묵하자 그녀도 더는 말을 꺼내지 않았다. 통로 쪽에 바싹 몸을 붙인 채로 조심스레 계속 살펴보니, 그것들은 배회만 할 뿐 여전히 안으로 들어오지 못했다. 이대로 안에서 가만히 열차가 문을 닫고 떠나기만을 기다리라는 소리인데, 이런 상황에서 인간은 이성적이고 차분한 판단을 하지 못하는 존재였다.

"잠깐! 뭔가 방해하는 것 같아요."

성식은 가만히 문을 바라보았다. 문이 고장이라도 난 거라면, 계속 열려 있어야 한다. 지금 열려 있는 문들은 그렇지 않았다. 닫히려는 움직임을 반복했다. 닫히려다 열리고, 닫히려다 열리고.

성식은 천천히 걸음을 내디뎠다. 문을 확인하기 위해서였다. 문 쪽으로 걸으며 힐끗 옆을 보니, 창가에도 그것들이 우글거렸다. 족히 수십 마리는 돼 보였다. 그동안 자세히 볼 기회가 없었는데, 살펴보니 정말 말도 안 되는 생김새였다. 우선 머리가 너무도 거대했다. 가정용 선풍기만 하다면 딱 맞는 표현일 것이다. 색은 핏빛이며, 눈과 입만 존재했다. 털이라고 부를 만한 것은 하나도 없이 미끄러운 거죽처럼 보였다. 눈알은 어른 남자의 손 하나의 크기와 엇비슷하고, 입은 컴퓨터 키보드 정도의 길이였다. 가끔 벌어지는 그것들의 입안으로 가지런히 배열된 이빨은, 하나하나 송곳처럼 날카롭기 그지없었다. 움직이는 눈알은 카멜레온처럼 전 방위로 회전하며, 온통 흰자위로 가득했다.

그에 비해 몸은 형태가 흐릿한 게 검은 안개에 둘러싸인 것 같았다. 소설에서 본 '투명 망토를 뒤집어쓴 괴물'이라는 단어가 떠오르는 생김새였다. 무엇보다 제일 인상 깊은 건, 몸이 부유하는 거다. 공중에 떠다니는 괴물이라니.

"아아."

입에서 탄식이 흘러나왔다. 문이 열려 있는 이유를 발견했다. 성식이 통로 안 여자를 바라보자, 그녀가 물었다.

"왜 그래요?"

"웃기게 들리겠지만, 영악한 놈들이에요."

돌아오며 말하는 성식에게 여자가 다시 물었다.

"뭐가요? 문이 왜 안 닫혀요?"

"밖에 있는 그것들이 미리 손을 쓴 것 같아요."

"네?"

"아까 날 공격했던 미친 긴 머리 여자의 시체 있죠?"

"네."

"그걸 이용해서 문이 닫히지 않게 고정해놨어요."

"네?"

성식이 헛웃음을 지었다.

"출입문 감지 센서요. 그래도 지하철이라고 센서 작동은 정상이네요. 아까 시체 머리가 문가에 걸리는 걸 보고 알아챘나 봐요."

'시체를 사용해서 문을 고정할 줄이야.'

찢긴 긴 머리 여성의 몸은, 문이 닫히지 않도록 바닥에 놓여 있었다. 여성의 몸은 어느새 반으로 찢어져 다리와 팔이 한 쪽씩밖에 없었고, 그 사지가 각각 문이 닫히는 방향을 하나씩 맡아 지하철 운행을 방해했다.

성식은 최대한 차분하게 생각을 정리해봤다.

'그것들은 무슨 이유인지는 몰라도 안으로 들어오지 못하지만, 우리를 목표로 삼고 있다. 안으로 들어오기 위해서는 문이 열려 있어야 한다. 그러니까 문을 닫아놓기만 하면 어떻게든 놈들을 막을 수 있다.'

성식이 소화기를 집어 들자 여자가 왜 그러냐는 듯 쳐다보았다.

"저거 치워야죠. 시체만 밖으로 밀어버리면 문이 다시 닫힐 겁니다."

성식은 사실 자신이 없었다. 그래도 뭔가 해야 했다. 안전핀이 잘 뽑히지 않았다. 예전에 받았던 소방 교육을 회상하며 힘을 주어 다시 뽑아보았다. 뒤늦게 고리가 빠져나왔다.

쉬이익.

성식이 손잡이를 살짝 눌러보니 분말이 뿜어져 나왔다. 작동에는 문제가 없었다. 그대로 고정 목이 되어버린 시체가 막고 있는 문으로 다가갔다. 밖의 그것들이 잡을 수 없게끔 조심하면서, 멀찌감치 서서 긴 머리 여성의 찢긴 몸통을 노리고 분사 노즐을 힘껏 쥐었다.

촤악.

찢겨 나간 몸이라 조금이나마 가벼워 밀릴 줄 알았지만, 미동도 없었다.

"젠장!"

소화기 따위로 해결하려던 게 어리석단 생각에 성식의 입에서 쓴웃음이 흘러나왔다. 소화기를 내려놓은 뒤, 문과 마주보는 좌석에 털썩 주저앉았다.

"잘 안되나 봐요?"

여자가 저만치서 물었다.

"네, 미동도 없어요. 미안해요. 다시 정리 좀 해볼게요."

"사과하실 필요 없어요."

여자의 목소리는 풀이 죽어 있었다. 성식이 아무리 머리를 굴려봐도 뾰족한 방법은 생각나지 않았다. 좌석에 설치된 기둥 손잡이라도 뽑아서 밀어버리면 좋겠는데, 그럴 도구도 힘도 없었다. 짧은 소화기 몸체로 건드리기에는 순식간에 그것들에게 끌려 나갈 것 같아 너무 위험했다. 주저할 시간도 주체할 시간도 없었다. 만약 그 생각이 맞는다면, 그것들은 금방 안으로 들어올 방법을 찾아낼 터였다.

'이것들은 진화 중이다. 진화 중인 거야.'

철컥.

그때, 소리가 들려왔다.

"어?"

철컥.

분명 둔탁한 쇠뭉치 소리. 열차 통로의 문고리 방향에서 들려오는 소리였다. 황급히 일어나 여자가 갇힌 곳과 정 반대쪽 연결 통로 쪽을 바라보았다.

'이럴 수가!'

두 남자의 모습이 보였다. 성식이 건너왔던 뒤 칸에서, 두 남자가 이 객실로 넘어오고 있었다. 성식은 어찌할 바를 몰라 자리에 앉지 못하고 주저했다. 저들은 이곳의 상황을 알지 못하는 것 같았다. 어쩌면 나갈 수도 있다는 생각에 재빨리 여자 쪽 통로의 손잡이를 돌려봤지만, 문은 미동도 없었다. 성식의 시선이 넘어오려는 이들과 문을 가로막는 시체와 바깥에 떠다니는 그것들을 번갈아 바라보며 이리저리 돌아갔다. 나가지 못한다면 선택지는 두 가지밖에 없었다. 두 남자를 들어오지 못하게 막느냐. 아니면 하나라도 더 동료를 만드느냐.

"제기랄!"

비속어가 터져 나왔다. 두 남자가 곧 들어올 터였다. 빨리 선택해야했다.

"안 돼! 막아요!"

그때 통로의 여자가 소리를 질렀다.

"저 사람들 들어오지 못하게 막아요!"

우물쭈물하는 성식을 보며 여자가 악을 썼다.

"이 미친 곳에 더는 사람을 들여놓지 말라고요!"

"저 혼자로는 벅차요!"

"안 된다고요!"

여자가 악을 썼다.

"저들이 누군지 알고요? 이 상황에 맞닥뜨리면 무슨 짓을 할지 모른다고요!"

"미치겠네."

"정신 차려요!"

여자가 울먹였다.

"이 지옥 같은 곳에 사람들을 더 들여놔서는 안 돼요……."

덜컹.

"빌어먹을……. 알겠어요. 알겠다고요!"

둘의 대화가 이어지는 사이, 통로 문손잡이가 돌아가고 있었다. 그녀의 울음에 마음이 동했는지, 성식이 서둘러 뛰어 둘이 건너오려는 통로로 향했다. 성식의 손이 돌아가고 있는 손잡이를 힘껏 붙잡았다. 창 너머로, 건너오려던 남자가 의아한 눈빛으로 성식을 쳐다보았다.

"뭡니까?"

"죄, 죄송한데, 들어오지 마세요."

"뭐? 당신 뭐야? 문 안 열어!"

"못 들었어? 들어오면 안 돼!"

남자의 눈이 안을 살피듯 이곳저곳을 훑었다. 그의 눈빛이 심상치 않았다. 뒤쪽의 사내도 인상이 고약한 건 마찬가지였다. '무슨 일을 하는 사람들이지?' 의혹이 스쳤지만 그게 성식에게 중요한 것은 아니었다. 급한 건 이 둘의 출입을 막는 것이었지만, 남자의 힘은 성식이 감당할 수준이 아니었다. 결국, 성식은 지친 손아귀의 힘이 풀리고, 손잡이가 그대로 돌아가 통로의 문이 열렸다.

"당신 뭐야? 왜 못 들어오게 막는 거야."

남자가 발을 내딛자마자 성식에게 큰 소리로 말했다. 그의 뒤를 따라서 인상 고약한 사내도 안으로 들어섰다. 성식이 아직 닫히지 않은 통로 문을 보고 황급히 몸을 들이밀어 보았지만, 알 수 없는 벽이 가로막는 게 느껴져 포기하는 수밖에 없었다. 마치 튕겨 나가는 느낌처럼. 통로 문은 곧바로 닫혀 버렸다. 좌절감에 그대로 옆 좌석에 털썩 주저앉아 버렸다.

"웃기는 놈이네?"

무시당했다고 생각하는지 질문했던 남자가 더 큰 소리로 외쳤다.

"너 뭐 하는 놈이야!"

"형사님."

뒤에 들어왔던 사내가 먼저 들어온 앞의 남자의 어깨를 툭
툭 쳤다. 둘의 대화로 보아 앞에 있는 남자는 '형사'인 듯했다.

"왜 인마! 넌 가만히 있어."

돌아보며 퉁명스럽게 대꾸하던 형사의 얼굴이 순식간에 굳
어졌다. 닫혔다 열리기를 반복하는 문틈에 끼여 들썩거리는
긴 머리 여성의 시체를 발견한 것이다. 경악의 눈초리와 함께,
그가 서서히 품으로 손을 가져갔다.

"너 이 새끼, 움직이지 마."

"하, 나보다 더한 놈도 있네."

뒤의 사내가 투덜대자 형사가 싸늘한 시선으로 그를 노려
보았다.

"아이고, 알았소. 옆으로 짜져주지, 뭐."

인상 고약한 사내가 투덜대며 뒤로 물러섰다. 형사가 점퍼
안주머니에서 꺼낸 것은 권총이었다. 익숙하지 않은지 떨리
는 손으로 성식을 겨누며, 주위를 이리저리 살폈다.

"너 이 새끼, 저 여자는 뭐야? 네가 죽인 거야?"

형사의 목소리가 극심하게 떨리는 거로 보아, 잔뜩 긴장한
상태 같았다. 성식은 열차 외부에 그것들을 가르키며 고갯짓

했다.

"이봐요, 눈이 있으면 밖을 보라고요."

형사가 그제야 열차의 이상한 분위기를 눈치챘는지 마구
다그쳤다.

"아니, 그것보다 이 칸에는 왜 이렇게 사람이 없어?"

형사가 총을 겨눈 자세 그대로 고개만 돌려 뒤편의 사내에
게 물었다.

"가만, 그러고 보니 지하철이 안 움직이잖아. 말도 안 돼. 우
리가 들어올 때는 분명히 이동하고 있었어. 왜 이곳만 멈춰 있
는 거야? 이게 말이 돼?"

어깨를 으쓱하는 사내를 보며 형사가 말을 더듬었다.

"이, 이거 뭐야? 저쪽에 있을 때는 분명히 지하철이 운행 중
이었단 말이야! 왜 이 칸으로 들어오니까 멈춰 있는 거지?"

형사의 시선이 다시 성식에게 향했다.

"저 시체는 뭐야? 왜 시체가 저기에 처박혀 있는 거냐고!"

형사가 조금씩 문쪽으로 이동했다. 시체를 보려는 것 같았
다. 깜짝 놀란 성식이 말했다.

"잠깐만요! 문 쪽으로 가지 마세요!"

형사가 버럭 소리를 질렀다.

"나한테 명령하지 마!"

성식이 움직이자 형사가 총을 머리를 향해 겨눴다. 멈칫하며, 두 손을 든 그대로 성식이 소리쳤다.

"문 쪽으로 다가가면 위험하다고요! 근처에만 가도 끌려간단 말입니다!"

"뭔 헛소리를 지껄이는 거야?"

"그것들에게 끌려간다고요! 제 말을 믿으라고요. 제발 가까이 가지 마세요. 제가 차분하게 설명해드릴게요."

"설명이고 나발이고, 네놈이나 함부로 움직이지 마!"

"형사님, 그래도 이야기는 들어보시죠!"

뒤로 빠져 있던 사내가 낮은 목소리로 입을 열었다. 형사가 영문을 모른다는 표정으로 뒤쪽 사내를 바라봤다.

"형사님은 안 보여요? 내 눈깔엔 보이는데? 눈 좀 크게 뜨고 보라고요!"

"헉!"

성식은 답답함에 속으로 언성을 높였다.

'이제야 눈치챘냐, 이 멍청이들아!'

험악한 인상의 사내와 형사의 정면으로 그것들의 모습이 보이기 시작했다. 그것들은 사람들을 언제라도 물어뜯기 위해 핏물인지 뭔지 모를 진홍색 액체를 질질 흘리며, 입을 쩍 벌린 채 거대한 머리로 천천히 부유하고 있었다.

"도대체…… 저것들은 뭐야?"

형사가 말을 잇지 못했다. 목소리가 떨려 알아들을 수 없을 정도였다. 뒤의 사내가 갑자기 형사를 밀치며 두 손을 내밀었다. 지금 보니, 그의 양 팔목에 번쩍이는 무언가가 채워져 있다. 수갑이었다. 격앙된 목소리로 그가 형사에게 말했다.

"이거 풀어줘요! 당장! 저런 게 돌아다니는 마당에 지금 이게 뭔 소용입니까?"

"안 돼! 새끼야, 넌 잠자코 가만히 있어."

"아니, 상황 판단이 그리 안 돼? 지금 꿈을 꾸는 게 아니란 말입니다!"

성식이 사내를 바라보았다. 좌측 입술 위에 가느다란 칼자국이 보였다. 실룩거리는 그 흉터는 사내가 어떤 남자이고, 어떻게 살아왔는지를 바로 보여주는 것 같았다.

"어이, 뭐라고 말 좀 해봐."

사내가 성식에게 말했다.

"뭘 말하라는 겁니까?"

성식의 대답에 사내의 인상이 구겨지기 시작했다.

"너, 저 괴물들의 정체를 알 거 아니야! 설명해 보라고!"

"나, 나도 몰라요."

"그러면 질문을 바꾸지. 저 괴물들이 사람을 죽이는 거야?"

씹던 껌을 뱉듯이, 너무 여유로운 질문이었다. 성식이 당황하며 말을 더듬었다.

"시, 시체를 봤으니 알 거 아닙니까? 절대 문 곁으로 가거나 밖으로 나가서는 안 됩니다. 괴물들이 사지를 찢어 버려요."

성식의 대답을 들은 두 사람이 동공 지진을 일으키며 서둘러 문 뒤편으로 물러났다. 그 틈에 성식은 슬쩍 반대편 통로 안의 여자를 바라보았다. 그녀는 지금 이 상황을 보고만 있었기에 이들이 누군지는 모르는 상태였다.

'형사와 범죄자라. 입술에 흉터가 있는 사람의 말투나 행동, 손목에 채워진 수갑을 봐서 형사가 잡아들인 범죄자가 분명하다. 이들이 어떤 사람들인지는 모르지만, 어쨌든 이제는 한 배를 탄 거다.'

슬그머니 성식이 몸을 움직였다. 형사가 움찔하며 바싹 총을 겨눴다.

"저쪽으로 갈게요."

성식은 여자에게 이 상황을 설명해줘야 할 것 같았다. 안 그래도 아까부터 가까이 와달라며 여자가 살짝 손짓하고 있었다. 형사가 그녀 쪽을 힐끔 쳐다보더니 턱 끝을 움직이며 가도 좋다는 허락을 했다. 데리고 왔던 사내가 자꾸 수갑을 풀어달라고 조르는 통에, 그쪽에 신경 쓰는 것 같았다.

여자가 급하게 말했다.

"결국 저 사람들도 들어왔군요. 어쩔 수 없죠. 그나저나 조심해야 해요. 언뜻 보니 저 남자가 총을 들고 있는 것 같은데…… 혹시 경찰인가요?"

"형사래요. 같이 온 남자가 '형사님' 하던데요."

"그 형사 말고 다른 사람은요?"

"수갑이 채워져 있어요. 형사가 잡은 범죄자 같아요."

여자의 표정이 어두워졌다.

"아무튼 밖에 나가거나 문에 가까이 가지 말라고 이야기했어요."

"네……."

"그런데 참, 아직 이름도 모르네요."

성식이 묻자 여자가 빤히 쳐다보았다.

"이름은 알아서 뭐 하게요?"

"아니, 뭐. 그게, 이 상황에 통성명은 해야 할 거 같아서요."

"정은요. 손정은."

정은이 헛웃음을 내며 답했다.

"이 상황에 통성명이라니, 내가 미친 건지 몰라도 의도가 따로 있는 건 아니죠?"

"저는 성식입니다. 엄성식. 조금 전에는 미안했어요."

"술은 다 깼죠?"

성식이 고개를 끄덕였다. 잠깐의 침묵이 흘렀다. 정은이 침묵을 깨며 화제를 돌렸다.

"아, 성식 씨. 중요한 건 이 지하철 문이 닫히게끔 하는 건데. 그래야 다시 움직일 테니까요. 운행하는 기관사가 있는지 없는지는 둘째 치고, 일단 지하철 문이 닫혀야 움직이는 것 같거든요."

"지금…… 제가 할 수 있는 게 아무것도 없어요."

'솔직히 우리가 할 수 있는 건 아무것도 없다. 그냥 평범한 사람들일 뿐이다. 이미 이곳은 정상적인 사고방식 속의 지하철이 아닌, 지옥으로 통하는 괴물의 목구멍인데 과연 우리가 무엇을 할 수 있을까? 어떻게든 저 문을 닫고 싶다. 적어도 괴물들이 열차 내부로 들어오지는 못할 테니.'

"이봐요!"

형사와 사내가 성식 쪽으로 다가왔다. 정은이 긴장하며 몸을 바싹 움츠렸다. 성식은 계속 통로 안 좁은 공간에 갇혀 있어 심히 고통스러울 정은이 잘 버티는 게 놀랍기만 했다. 공포와 굶주림에 미칠 지경일 텐데도, 정말 대단한 여자라 생각했다. 언젠가 그런 말을 들은 적이 있었다. 사람이 만물의 영장인 이유는 참고 견디는 인내가 있어서라고.

형사가 옆의 좌석에 앉으며 말을 걸었다.

"당신, 이야기 좀 합시다."

사내는 못마땅한 표정으로 우두커니 서서 통로 안 정은을 힐끔 쳐다보았다. 성식이 형사와 마주 보며 앉자, 사내도 슬쩍 가까운 자리를 찾아 앉았다. 통로 안 정은이 일어서 객실 상황을 살폈다.

"우선 흥분해서 총을 겨눈 건 사과합니다."

의외로 형사의 말투가 공손하게 바뀌었다.

"김기태라고 합니다. 경찰입니다. 뭐, 아시겠지만."

형사가 총을 잠깐 흔들어 보이더니 품에 넣으며 말했다.

"거리에서 지명 수배자를 쫓다가 이 지하철까지 왔습니다. 옆에 있는 이 자식이 그 수배자입니다. 도망치는 걸 격투 끝에 겨우 붙잡아 수갑을 채운 것까지는 좋았는데, 웬일인지 지하철에 사람들이 엄청 많이 타더라고요. 인파 속에 이 새끼가 난동이라도 부릴까 봐 한적한 칸을 찾아 계속 이동했는데, 이곳에 사람이 없더군요."

성식도, 정은도, 형사도 다 같은 이유로 이곳에 들어왔다.

"아까는 이놈을 잡고 신경이 곤두섰던 상황이라 실수한 것 같습니다. 아무리 형사지만 저런 끔찍한 시체를 보면 누구라도 충격받지 않을 수 없겠죠. 사과드립니다. 사실 지금도 이 상황이 믿기지는 않습니다."

"나 말고도 또라이가 한 놈 더 있다 생각했지."

사내가 옆에서 키득거리자 형사가 조용히 하라며 눈짓을 보냈다. 사내의 웃음소리와 그것들의 돌아가는 눈알이 머릿속에서 묘하게 겹쳐졌다. 형사가 다시 말을 이었다.

"일단 정리를 좀 해봅시다. 당신과 저분은 무슨 연유로 이 칸에 오게 된 겁니까?"

"네, 저는 엄성식이고 저분은……."

"저는 손정은이에요."

정은이 형사를 보며 말했다. 형사가 가볍게 눈인사했다. 성식이 쓴웃음을 지었다.

"같은 이유입니다. 이곳이 한산해서요. 저도 사람이 없는 곳을 찾아 들어온 겁니다. 저분도 마찬가지고요."

성식이 대답하자 형사가 고개를 끄덕였다.

"그럼 달리는 지하철에 올라타 객실을 옮긴 것뿐인데, 다른 곳은 정상이고 이곳만 이상하다는 건데."

"그렇죠. 여기는 마치 꿈꾸는 것 같아요. 현실과 동떨어져 있는."

"이유가 뭘까요?"

형사가 물었지만 아무도 대답하지 못했다. 질문 자체가 이상하다 느꼈는지, 형사도 잠시 말을 멈추었다.

"그럼 다르게 접근해보죠. 아까 들어왔던 통로로 다시 나가 보려 했는데, 안 되더군요."

"정은 씨가 객실 통로에 갇혀 있는 이유도 그거예요. 들어 오고 나서 못 나가고 있어요."

형사가 통로 안 정은을 한번 보더니 다시 고개를 돌렸다.

"좋아요. 통로 너머 다른 칸의 사람들은 우리와 이곳을 보지 못하는 것 같습니다. 말 그대로 뚝 떨어진 느낌입니다. 왜 이런 비현실적인 공간이 생겼고, 우리가 들어온 건지 그 이유는 모르지만, 어쨌든 전부 살아 있긴 한 거겠죠? 이미 다들 죽어서 들어온 지옥이라는 생각은 좀 그렇고, 아니면 집단 환각에 걸렸다거나."

"하하하."

사내가 소리 내어 웃었다.

"형사님, 차라리 소설을 쓰시죠."

"뭐? 이 새끼야, 넌 아가리 닥치고 있어."

분위기가 험악해지자 성식이 얼른 형사의 말에 답했다.

"환각 같은 건 아닐 겁니다. 환각은 실재하지 않는 거잖아요. 제가 들어왔을 때 저 시체, 저 긴 머리 여자가 저를 공격했어요. 그리고 저 괴물들이 그녀의 몸을 찢어버리는 것도 봤고요. 저기 정은 씨가 갇힌 객실 통로의 유리를 깬 것도 접니다. 전부 보고 느꼈던 감각 맞아요. 환각이라면 공통으로 같은 걸 볼 리도 없고요."

"맞네요."

"저기요!"

정은이 다른 사람들을 향해 큰 소리로 외쳤다.

"사실은, 저희 말고도 다른 사람들도 간혹 들어왔었어요."

"아, 그래요? 그럼 다들 어디에?"

"긴 머리의 여자가 그 사람들을 다 문밖으로 밀어버렸어요. 그래서 다들……."

정은이 말꼬리를 흐렸다. 침울한 표정의 그녀를 바라보며 모두가 표정이 굳어졌다. 성식이 세세한 설명을 덧붙였다.

"밖에 있는 저 괴물들이 뭔지는 모르지만, 일단 잡히면 사지가 뜯겨 나가는 것 같습니다. 힘이 장난 아닙니다. 그리고 저 시체가 정은 씨가 말한 긴 머리 여자입니다. 처음에 저도 습격을 당해서 죽을 뻔했어요. 문 쪽으로만 가도 끌려가니 조심하세요. 그리고 보시면 알겠지만……."

성식의 시선을 따라 형사와 사내도 시선을 옮겼다. 방파제의 갯강구처럼 바글바글 붙어 있는 그것들은 지하철 밖에서 안으로는 들어오지 못하고 있었다. 성식이 눈살을 찌푸렸다.

"일단 안으로 들어오지는 못하는 것 같아요."

"그나마 다행이네."

"정확히는 모르겠어요. 아마 당분간일 겁니다."

"당분간이라고?"

굳어진 형사의 표정이 더 구겨졌다. 사내가 관심이 가는 듯 몸을 성식 쪽으로 바짝 붙였다.

"몸을 뜯는다? 그냥 찢어버리나? 찢어발겨?"

"네, 얼굴이 너무 흉측해서 잘 안 보이긴 한데…… 팔이 달린 것 같아요."

"하, 점점 재밌네. 나도 한 놈 토막 내긴 했는데, 찢어 보진 않았거든."

사내가 키득거리며 말했다.

"시끄러워!"

형사가 황급히 소리쳤지만, 이미 사내의 말은 성식과 정은 모두 들어버린 상태였다. 정은이 작은 비명을 내뱉었다. 농담으로 넘기기에는 사내의 태도가 어쩐지 이 상황을 즐기는 것처럼 보여 이상했다. 성식은 이제야 알 것 같았다. 사내는 평범한 범죄자가 아닌 끔찍한 살인범이었다.

"두 분은 저놈 말에 신경 쓰지 마세요."

형사가 사내의 말을 자르며 말했다. 마땅히 대답할 말이 떠오르지 않아 성식은 잠자코 있었다. 그냥, 말이 나오지 않았다. 지쳐서일까, 몸에 힘이 들어갔다. 사람의 집중이 최고조에 오르면 아드레날린이 분비된다는데 이제는 그 한계를 넘어가나 싶었다.

'살인범이라니.'

밖의 그것들에 비할 바는 아니지만 두려운 건 마찬가지다. 형사가 성식의 생각을 눈치챘는지 사내의 팔을 붙잡고 들어올려 보였다.

"수갑이 채워져 있습니다. 안심하셔도 됩니다."

"풀어보려고 했는데…… 쇳덩어리라 그런가 안 풀리네."

"좀 닥치라고 이 새끼야!"

몇 번이고 같은 이야기를 반복하느라 형사도 짜증이 난 모양이었다. 말투가 점점 거칠어졌다. 초반 행동을 보면 형사도 성격이 매우 급한 것 같았다. 사내는 입을 다물었고, 형사가 다시 성식을 향해 말문을 열었다.

"저는 솔직히, 지금 이 상황이 믿기지 않습니다. 제 직업 특성상 현실적이지 못한 건 믿지 않는데, 매우 혼란스러워요. 차라리 귀신을 본다면 모를까. 밖의 괴물들은 분명 우리가 보고 느낄 수 있는 존재니 정말 무섭군요. 성식 씨 말이 맞는다면 문 곁으로는 다가갈 수 없겠고……."

그때까지 잠자코 듣고 있던 정은이 형사의 말을 자르며 툭 끼어들었다.

"들은 게 있어요. 방금도 말했지만, 당신들이 들어오기 전에 몇몇 사람들이 이곳으로 들어왔어요. 저를 구해주려고 한 분도 있었고, 겁에 질려 소리만 지르던 이들도 있었죠. 그중에 유달리 제게 말을 걸던 분이 한 사람 있었는데…… 정확히는 들리지 않았지만요."

"아가씨가 예쁘니까 그랬겠지."

사내가 흥미가 돋는지 정은을 쳐다봤다. 그의 매서운 눈초리에 멈칫하며 말을 멈춘 정은이 잠시 성식의 눈을 쳐다본 뒤 다시 말을 이었다.

"제가 추측해본 바로는…… 제2의 공간이라 하는 것 같았어요."

"제2의 공간이요?"

형사가 되물었다.

"네, 뭔지는 저도 몰라요. 그냥 그분이 제2의 공간 어쩌고 하면서 공황에 빠진지라……."

"뭐야, 허무하게."

사내가 고개를 돌리며 침을 탁 뱉었다. 형사가 신경 쓰지 않고 재차 질문을 던졌다.

"그 말뜻이 정확히 뭔지는 모르는 거죠?"

"네……."

성식은 머리에 뭔가 떠오를 듯 말 듯 했다. 분명 어디에서 들었던 것 같았다. 자기 계발서였나? 아님 소설에서였던가? 분명히 이 공간은 하나가 아니라 여러 개로 존재한다는 가설이 있다고 했다. 시간과 장소는 전부 같지만, 전혀 다른 공간의 존재들이라는 것이다. 나와 똑같은 이가 존재하는 게 아니라, 다른 공간에 사는 내가 있는 것. 모습과 목소리는 같아도 둘은 전혀 다른 존재라는 이야기였다.

"나도 들었어요. 아니, 책으로 본 것 같아요."

성식이 중얼거리자 형사와 사내, 정은이 모두 성식에게 시선을 고정했다.

"생각났어요. 다중 우주론! 같은 장소와 시간을 공유하는 공간이 셀 수 없이 많다고 했어요."

"맞아요. 다중우주론!"

정은이 성식의 말을 되받았다. 사내는 이해하지 못했는지 고개를 갸우뚱했다. 골똘히 생각하던 형사도 이마를 만지며 중얼거렸다.

"이해가 갈 것 같기도 한데……. 지하철은 지하철인데, 서로 다른 공간이라?"

"우리는 그대로예요."

성식이 약간 흥분해서 말했다.

"우리가 이상한 게 아니에요. 이곳이 이상한 겁니다. 이 지하철, 이 칸이 이상한 거예요. 미스터리 다큐멘터리 같은 걸 보면 버뮤다 해역 실종이니 나타났다 사라지는 유령선이니 하고 나오잖아요!"

"4차원이네. 쉽게 말해. 한국말로."

"넌 제대로 알기나 하고 지껄이는 거야!"

"왜? 난 의견도 내지 못합니까!"

"에휴……."

사내가 툭 내뱉자 형사가 한숨을 내쉬며 고개를 저었다. 그 말과 행동이 왠지 굉장히 우습게 보인지라, 성식은 분위기에 맞지 않게 피식 웃음이 터졌다. 성식의 웃음을 본 형사도 픽 웃었고, 정은도 작게나마 미소를 지었다. 성식에게 이 상황이 조금 우스웠다. 밖에서 만났더라면 절대 이런 모습은 있을 수도 없는 상황이었다.

"그나저나 성식 씨, 아까 말한 버뮤다 해역 말이에요. 그 유령선 실종되었다가 돌아온 기록은 있는 거죠?"

정은의 물음에 성식은 생각했다.

'분명 그런 기록은 존재한다. 아니, 존재해야 한다. 긍정적으로 생각하자. 저승을 체험한 사람, 외계인에게 납치되었다던 사람, 환생했다고 믿는 사람들. 모두 우리와 같은 상황을 겪었던 사람들이라 믿어야 한다.'

죽지만 않으면 기회는 찾아온다. 그렇게 믿어야 젖 먹던 힘까지 짜내 버틸 수 있었다. 성식이 고개를 끄덕이자 정은의 표정이 약간 밝아졌다.

"그래도 희망을 잃지 말아요. 우리."

"참한 아가씨네."

사내가 비웃듯 툭 내뱉자 정은이 움찔하며 시선을 피했다. 형사가 그런 사내의 머리를 때렸다. 갑자기 뒤통수를 맞은 사내가 인상을 구기며 형사를 쳐다봤다.

"분위기 풀겠다고 자꾸 집적거리지 마. 더 무서워하잖아."

"아이고, 알았소. 형사님, 근데 생각해 보니 말이야."

사내가 고개를 몇 번 까닥하더니 낮은 목소리로 성식에게 물었다.

"뭐가 좀 걸려서. 저기 밖의 괴물들이 사람을 어떻게 찢었는지 자세히 말해봐."

"일단 창밖으로 괴물들의 몸을 한번 보세요."

성식이 가리키는 방향으로 사내와 형사가 고개를 돌렸다.

"커다란 머리 아래, 안개에 덮인 것 같은 몸체요. 흐릿한데,

아마 그게 실체가 아니고 그 안에 따로 팔이 존재하는 것 같아요. 망토를 드리워 가린 것처럼. 아까 저 여자를 죽일 때……."

"맞아, 저 여자는 왜 죽었지?"

형사의 눈빛이 다시 변했다. 성식이 순간 말문을 잇지 못하자 형사가 되물었다.

"혹시 당신이?"

"아, 그게……."

"사고였어요. 문 근처에서 끌려 나갔죠. 어차피 저 여자는 살인마예요. 성식 씨도 먼저 습격당했다고요. 저 여자는 여기 계속 있었던 거 같아요, 아마도 우리처럼. 결국은 미쳤겠죠."

정은이 머뭇거리는 성식을 대신해 답했다. 성식이 고마움에 눈짓을 보냈다. 형사가 이마를 몇 번 문지르더니 말했다.

"모두 침착합시다. 열 낼 필요는 없어요. 어쨌든 알겠습니다. 일단 남은 건 우리니까……. 성식 씨라고 했죠? 무슨 일이 있었는지 말해주세요."

왠지 형사의 말이 차갑게 들려 등골이 오싹해졌다.

"빨리 말해. 듣고 있잖아."

사내의 독촉에 성식이 깜짝 놀라 쳐다봤다. 사내의 눈빛이 심상치 않았다. 뭔가를 생각하는 눈치였다. 성식이 다시 말을 이었다.

"제가 여기 처음 들어왔을 때 이미 저 시체, 여자가 앉아 있는 상황이었습니다. 그래서 말을 걸어 봤는데 대꾸도 없고……. 그런데 제가 분명 홍대입구에서 지하철을 탔거든요. 이곳으로 넘어왔는데 다음 정차하는 역이 또다시 홍대입구라는 방송이 들렸어요. 그래서 놀라 당황한 사이 긴 머리 여자가 갑자기 문이 열리는 걸 보고 저를 공격했어요."

"홍대입구에서 탔다고?"

형사가 어안이 벙벙한 표정으로 성식을 바라봤다.

"우리도 홍대입구에서 탄 거야."

"저도요. 저도 홍대입구에서 탔어요."

모두가 서로를 쳐다봤다. 형사도 답답한 듯 머리를 마구 헝클어뜨리며 긁었다.

"아니, 우연이라면 너무……."

"홍대입구역과 관련이 있을까요? 우연 같지는 않아요."

"이거 지금 정차한 곳은 어디지? 또 홍대입구야?"

형사가 고개를 돌려 밖을 쳐다봤다. 빽빽이 둘러싸 붙어 있는 그것들을 보며 그가 다시 인상을 썼다.

"저 대가리들 때문에 안 보이네."

"신촌역입니다. 방송이 나왔어요."

"완전 제멋대론데."

형사와 성식이 대화하는 동안 사내는 계속 생각에 잠겨 있었다. 정은이 듣고 있다가 말했다.

"중요한 단서일 수 있어요."

"홍대입구역에 뭐가 있다, 이게 단서라는 거죠?"

"그게 아니지, 형사님. 진짜 중요한 건 우리가 홍대입구역에서 만났다는 거야."

사내가 중얼거렸다. 형사가 그에게 다시 물었다.

"그게 뭔 소리야?"

"봐봐. 아주 우연히 날 보고 검거한 거잖아. 내가 홍대입구에 있는 줄도 모르고."

"범죄자들은 언젠가는 꼬리가 밟히게 돼 있어. 그게 천벌이야, 새끼야."

사내가 형사의 말은 무시한 채 성식을 보더니 물었다.

"저 시체 말이야. 뭘 어떻게 공격했어?"

"문이 열리고 저를 밖으로 내보내려 했죠, 괴물들한테."

"아가씨, 그 전에 들어온 사람들한테도 같은 행동을 했다고 했지?"

"네, 저 여자가 다들 문밖으로 밀어서 전부 죽었어요."

정은의 대답에 사내가 씩 웃었다.

"내가 두 가지 가정을 생각해봤어. 생긴 건 이래도 나름 논

리적이라."

"뭔 헛소리를 하려고 그래."

자꾸 말을 끊는 형사를 사내가 노려봤다.

"형사님, 거 말이 너무 심하시네. 들어보지도 않고 왜 무시해? 헛소리든 뭐든 의견을 제시하는 게 이 상황에서 생존할 방법을 찾는 첫걸음이야."

"범죄자 주제에……."

"내가 죽인 놈은 형수랑 붙어먹고 형님을 살해한 새끼야. 내가 안 했으면 내 밑의 애들 다 골로 가는 상황이었어. 내가 총대 멨다고. 뭐, 이런 말 해봐야 형사님은 변명이라고 보겠지, 살인은 살인이니. 그래도 뭐라도 해봐야지. 개죽음당하기는 싫으니까."

사내의 말에 형사가 대꾸 없이 입을 다물었다. 사내가 한숨을 내쉬더니 천천히 말을 이었다.

"여자의 행동은 목적이 있어."

성식 역시 느끼고 있었다. 그 긴 머리 여성은 안으로 들어오는 이들을 족족 밖으로 밀어내려 했다. 성식을 흘깃 보며 사내가 씩 웃었다.

"어이, 거기 이름 뭐라고 했지?"

"엄성식입니다."

"나는 황선국."

뜬금없이 자기소개 하는 사내에 성식이 당황한 눈빛으로 형사를 쳐다봤다. 형사가 한숨을 내쉬며 고개를 절레절레 저었다. 선국이 수갑이 채워진 두 손을 들어 입술을 가로지르는 흉터를 가리켰다.

"칼 맞은 건데 다행히 신경은 무사했지."

"네……. 다행입니다."

"거창하게 뭐, 전쟁이니 싸움이니 이러다가 생긴 게 아니라 막다른 골목에 몰린 쥐새끼 하나가 덤볐어. 전혀 예상 못 했지. 돈 받으러 갔는데 돈 대신 칼을 날리면 무슨 생각이 들까? 왜 겁도 없이 덤볐지, 하는 생각밖에 안 들더라고. 조사해 보니까 다른 조직의 사주를 받았더라고. 날 죽이면 자기들이 책임진다고. 빠져나갈 길이 없으니까 얘는 그거 하나만 광신도처럼 믿은 거야. 나만 죽이면 정말 자기를 구원해줄 줄 알고."

선국이 눈을 깜박였다. 선국이 수갑 찬 두 손으로 창가를 가리키며 말했다.

"저기 밖에 괴물들이 안의 사람들을 노리고 있잖아."

"네."

"그러니까 준 거야."

선국의 눈 깜빡임이 빨라지고 있었다.

"뭔가를 바라고 괴물들에게 준 거라고. 그 뭐지? 바치는 거, 선물? 젠장, 단어 생각이 안 나네."

성식의 머릿속에 단어 하나가 떠올랐다.

"제물."

"어, 맞아. 제물. 제물을 바치는 거 같잖아, 저것들한테."

대화를 듣고 있던 형사가 황당한 표정으로 선국을 바라봤다. 그 시선을 느꼈는지 선국이 형사를 보며 말했다.

"왜, 가정이라고 가정."

"그러면 여기가 누군가에 의해 만들어진 제단 그런 거냐? 지하철 한 칸 통째로?"

"저도 여자의 행동이 이상하다고는 생각을 했어요. 일단 말이 안 되는 상황인데 일어난 일이잖아요. 그러면 어떻게든 꼬리를 맞춰야죠."

성식이 차분한 어조로 말하자 형사가 성식을 보더니 쯧 하고 혀를 찼다. 선국이 그런 성식을 보며 히죽 웃었다.

"말이 통하는 친구네. 여기 형사님과는 다르게."

"난 현실주의자야, 새끼야."

"현실주의자는 현실의 조건이나 상태를 인정하고 그에 맞추는 게 현실주의자요. 우리에게는 지금이 현실이야. 현실주의자 뜻도 몰라."

"너 왜 그렇게 말을 잘해?"

"책 좀 읽으쇼."

형사를 비웃던 선국이 고개를 갸웃거리며 다시 성식에게 말했다.

"저 죽은 여자가 여기 주인이고, 먹이를 주며 애완동물 키우는 건 아닐 거잖아. 죽었으니까."

"엄청 겁에 질려 있었어요. 끌려 나가기 전에……."

"그래서 내가 생각한 가정 하나는, 죽은 여자는 사람들을 괴물들에게 바쳤다."

선국이 잠시 말을 멈췄다. 이제 형사와 성식, 정은 모두 선국의 입만 쳐다보고 있었다. 선국의 입술이 다시 천천히 벌어졌다.

"그렇다면 왜 제물을 바칠까?"

"홍대입구역과 무슨 관련이 있지 않을까요?"

정은의 말에 선국의 눈빛이 진지해졌다. 형사가 그런 선국을 보며 말을 던졌다.

"야, 너 아까 우리가 홍대입구역에서 만났다는 게 중요하다고 했지? 그게 무슨 의미야?"

"가정을 정한 뒤 그에 따른 가설을 추론한다."

선국의 중얼거림에 형사가 무슨 말인지 모르겠다는 표정으로 쳐다봤다. 선국이 슬쩍 시선을 형사에게로 옮겼다. 그의 눈을 보며 선국이 낮은 목소리로 물었다.

"형사님, 홍대입구역에는 왜 왔소?"

"개인적인 일이 있었지. 원래 일정은 아니었는데……."

"나도 마찬가지요. 홍대입구역에 올 일이 없잖아, 지명 수배 중인데. 그런데 몇십 년 만에 연락이 온 거야, 후배 놈한테. 내가 그놈한테 빚을 좀 졌거든. 원래라면 나는 이 지역에 오지 않았다고."

선국의 말을 들은 성식이 정은과 눈을 마주쳤다. 정은이 떨리는 목소리로 말했다.

"저기…… 저도요. 갑자기 약속이 생겨서 탔거든요. 일정에 없던……."

성식이 침을 꿀꺽 삼켰다.

"저도 갑자기 회식이 잡혀서…… 일정에 없었고요……."

"모두 우연히, 홍대입구역에서 지하철을 탔고, 객실을 건너왔다."

선국이 수갑을 찬 손으로 코를 긁적였다. 선국의 눈이 다시 깜박거렸다.

"제물을 바친다는 가정하에, 우리는 제물이라는 가설."

"……."

"여기는 제단. 우리는 제물."

선국이 중얼거리더니 고개를 들어 쳐다보자 성식이 당황한 표정으로 그의 시선을 받았다.

"그렇다면 우리는 재수 없게 걸린 걸까요?"

"아니지. 다들 이곳으로 오게 된 거야, 우연을 가장한 필연으로."

선국이 눈살을 찌푸렸다. 선국의 말을 이해했는지 정은이 모두에게 들리게 큰 소리로 말했다.

"그 말은 우리가 선택됐다는 거죠? 제물로 선택되는 기준이 있다면 공통점이 있지 않을까요?"

선국이 고개를 끄덕였다. 형사가 헛웃음을 지었다.

"난 아직도 못 믿겠다고."

"일단 우리 뭐라도 해봐요. 안 그러면 더는 못 버틸 것 같으니까요……."

정은이 울먹거렸다. 그런 정은의 모습을 본 형사가 그제야 상황을 깨닫고 미안한 눈빛을 보냈다. 여기 모인 네 명 중에서 유일하게 통로 안에 갇혀 있는 사람은 정은뿐이었다. 가장 힘든 상황에서 정은 또한 어떻게든 정신을 차리려고, 살겠다고 발버둥을 치는 듯했다.

형사가 숨을 크게 들이마신 뒤 깊게 내뱉었다.

"좋습니다. 우선 각자 나이와 직업을 알려주세요. 하나하나 찾아봅시다. 저는 서른네 살이고 경찰입니다. 형사 기동대 소속이고 아, 예전 광역수사대요. 이름이 바뀌어서."

"광수대 형사님 나랑 동갑이네?"

"하, 그래서 뭐."

형사의 핀잔에 선국이 어깨를 으쓱했다.

"그냥 그렇다고. 아무튼 나도 서른네 살. 직업은 그냥 깡패. 행동대장 출신."

"저는 스물일곱이고 회사원입니다. 영업 쪽으로요."

"저는 스물다섯 살이고요. 가수입니다."

모두가 정은에게 시선을 돌렸다. 갑자기 쏠리는 시선에 정은의 얼굴이 붉어졌다. 정은이 얼른 설명을 덧붙였다.

"아니, 그냥 인디 밴드예요. 사실 백수죠. 뭐, 취미로 하는 게 맞고요."

"혹시 어느 밴드인지 물어봐도 될까요?"

성식이 관심을 보이며 묻자 정은이 답했다.

"들어보셨는지 모르겠지만 노조미(望み)라고……."

"노조미요? 저 팬이에요! 아니, 정은 씨가 노조미 보컬이었어요? 나 왜 몰랐지?"

성식이 호들갑을 떨자 정은의 얼굴이 더 붉어졌다.

"아니, 그게…… 원래 무대랑 평소랑 제가 갭이 좀 있어요. 화장이 좀 달라요."

성식의 밝은 표정과 반대로 정은의 표정은 점점 어두워졌다.

"일단 감사합니다."

성식이 손사래를 치며 얼른 대꾸했다.

"와, 제가 노조미 얼마나 좋아하는데요. 밴드 이름도 희망이란 뜻이고요."

"희망이라."

형사가 피식 웃으며 눈을 감았다. 선국이 정은에게 말했다.

"아가씨, 노래 부르면 돈 받아?"

"네? 아, 공연은 티켓 수익이 있으니까요."

"그럼 뭐가 백수야. 뭔 일을 하건 돈 받으면 직업이야."

정은이 픽 웃었다. 선국이 수갑을 찬 채로 손뼉을 치며 분위기를 환기시켰다. 곰 같은 덩치와 맞지 않는 행동이 묘하게 우스웠다.

"자, 주목. 아직까지 공통점은 없어. 형사님, 다음 진행."

"알았다."

형사가 머리를 긁적이며 입을 열었다.

"이번에는 사는 곳입니다. 거주지요. 홍대입구역이니 다들 서울이나 멀어도 근교라고 보는데 저는 목동입니다."

"난 따로 없어. 있다면 조직 사무실이 있는 구로?"

"저는 홍대요."

"저는 신도림입니다."

성식은 자신의 마지막 답변을 듣고 한숨을 내쉬는 형사를 보았다. 공통점이 없었다. 오히려 각자 다 달랐다.

선국이 지하철 조명을 보며 다시 말을 꺼냈다.

"긴장되면 몸이 굳어. 이럴 때는 무슨 방법을 쓰든 간에 풀어야 해."

의미가 담긴 말에 모두 수긍하듯 조용해지자 선국이 정은을 보며 웃었다.

"아가씨, 노래 한 곡 뽑아."

"에, 네? 노래요? 지금요? 응? 무슨 말씀이세요?"

"농담이야."

"이 새끼가, 진짜!"

형사가 버럭 소리를 질렀다. 선국이 키득거리며 나지막히 말했다.

"긴장 풀라고. 어차피 저것들 안으로 못 들어온다며. 시간은 있어."

"……."

"지하철이 움직여야 뭔 결과라도 보는데 지금 상황에서는 딱히 할 게 없으니 분위기나 풀잔 말이야."

아직도 당황한 듯 빨개진 정은의 얼굴을 보며 형사가 선국에게 한 소리 던졌다.

"여기서도 깡패 대장질이냐?"

"난 대장감이 아냐. 주제를 잘 알지. 우리 할머니도 그랬다고. 장군감은 아니라고⋯⋯."

"그러냐? 할머님 선견지명이 대단하셨네."

"그랬지. 고향에서 아주 유명한 관상가였어."

"고향이 어딘데?"

형사의 물음에 갑자기 선국이 말을 멈췄다.

"왜?"

형사가 다시 물었지만, 선국은 대답이 없었다. 뭔가가 떠오른 눈치였다. 침묵이 흐르자 성식이 침묵을 깨기 위해 말을 던졌다.

"좋아하는 음식 같은 거는 어때요? 우리 넷의 공통점을 찾는 거니까요."

"일단 해봅시다."

"저는 닭갈비요. 제 고향이 춘천인데⋯⋯."

"엇!"

선국이 고함을 질렀다. 성식이 놀라 선국을 쳐다봤다. 선국의 눈빛이 흔들리고 있었다. 보고 있던 형사가 선국을 보며 물었다.

"너 갑자기 왜 그래?"

"춘천이 고향이야?"

성식이 고개를 끄덕였다. 선국이 성식에게서 시선을 떼지 않으며 다시 말을 이었다.

"난 강릉이야."

"어?"

이번에는 정은의 반응이었다. 정은이 놀란 눈으로 선국과 성식을 보며 말했다.

"저는 원주예요."

형사가 벌떡 일어서 세 사람을 바라봤다.

"찾았다, 공통점. 내 고향은 삼척이야."

전부 강원도 소재지다. 모두가 놀라 눈을 크게 떴다. 선국이 생각에 잠기면 나오는 버릇인 듯이 눈을 깜빡거렸다. 성식이 정은을 쳐다보니 정은 역시 놀란 표정이었다. 형사가 믿지 못하겠다는 표정으로 중얼거렸다.

"아니, 진짜 있었네! 춘천, 강릉, 원주, 삼척. 고향이 전부 강원도 소재지라니."

"묵은지인가?"

선국이 뜬금없이 중얼거렸다. 성식이 귀를 의심하며 선국에게 물었다.

"묵은지라는 게 뭔 뜻이죠?"

"김치를 오래 묵히면 묵은지지?"

"맞죠."

"그냥 김치만 먹어도 맛있는데 왜 일부러 묵혀서 묵은지로 먹지?"

"그야 오래 발효시키면 깊은 맛이 살아나니까요……."

성식의 말에 모두가 성식을 쳐다봤다. 형사가 피식하는 웃음소리를 냈지만, 표정은 굳어 있었다.

"고르고 선별해서 오래 묵힌 묵은지?"

"내 생각이 짧았어. 우리가 제물이라는 가정하에, 지금 우리의 공통점을 찾는 게 틀린 거야."

선국이 모두에게 말했다.

"오랜 기간 숙성한 후에, 먹겠다는 거지. 그게 언제인지 몰라도."

성식의 머릿속이 순간 반짝였다.

'만약 선국의 말이 맞는다면, 묵은지라면, 그 기원은?'

성식이 자기도 모르게 소리쳤다.

"우리 고향 이전에 위요!"

"위?"

"오래된 거라면 그 시작을 봐야죠! 묵은지가 겉절이일 시절이요!"

정은이 성식의 말을 듣고 받아쳤다.

"맞아요! 저희 아버지도 할아버지도 모두 다 강원도 출신이에요."

정은의 말에 선국이 움찔했다. 그건 형사도 마찬가지였다. 성식이 넋이 나간 표정으로 중얼거렸다.

"같아요, 저도."

"아버지, 할아버지 다 강원도 토박이야."

형사가 눈이 아픈지 눈두덩을 매만졌다.

"너도?"

형사의 질문에 선국이 고개를 끄덕였다.

"이제 찾았네."

형사가 중얼거렸다.

"우리 공통점. 윗세대가 강원도 출신이다."

"아버지와 할아버지니 대략 두 세대면…… 1930년대쯤이네요."

성식이 말했다. 정은이 그런 성식의 말에 덧붙였다.

"1930년대에 무슨 일이 있었던 거죠?"

"모르지."

선국이 고개를 흔들었다. 형사가 손을 주무르며 말했다.

"좋아, 일단 찾았어요. 단서를 종합해 보자고요. 여기는 제단. 우리는 제물. 우연이 아닌 필연으로 모였으며, 제물의 공통점은 선조들이 강원도 출신이라는 겁니다. 정리됐죠?"

모두가 고개를 끄덕였다. 형사가 선국을 보며 질문했다.

"일단 여기까지 왔어. 그럼 아까 말한 나머지 가정 얘기해 봐. 두 가지 가정을 설정했다며."

"안 그래도 말하려고 했다고."

선국이 자리에서 일어나 몸을 풀었다. 거대한 덩치인지라 바로 앞에 있던 성식이 움찔하자 선국이 픽 웃었다.

"아직도 내가 무서워?"

"그럼요."

"나 그렇게 나쁜 놈 아냐. 아니, 나쁜 놈이긴 한데 막 미친놈은 아니지. 사리 분별은 하거든. 사람 죽인 것도 배신하고 형님 모가지 딴 그 새끼 복수한 거뿐이고."

"……."

"쯧, 너희랑은 엮일 거 없으니 걱정하지 마. 일단 여기 살아나가는 게 우선이니까."

"알겠습니다."

"그쪽이랑 저기 아가씨랑 잘 어울리는데 살아 나가면 한번 만나봐."

"넌 또 뭔 개소리야!"

형사가 버럭버럭했지만, 선국이 무시하며 껄껄 웃었다.

"나도 살아 나가면 죗값 치를 거고. 적어도 죽지는 않을 거 아니야."

선국이 웃는 걸 보며 성식은 얼굴이 더 뜨거워지는 걸 느꼈다. 아니, 화끈거렸다.

"영화 〈스피드〉 봤어? 죽음의 문턱에서 살게 되면 한눈에 꽂힌다던데, 서로."

"야, 그만 떠들고 빨리 두 번째 가정이나 말해."

형사의 닦달에, 선국이 표정을 굳히며 입을 열었다.

"두 번째 가정은 이거야. 저 대가리들이 시체를 들고 있다고 했지?"

"네, 저기 보면…… 문이 안 닫히게 몸통을 갖다 놓은 것도 저 괴물들이니까요."

선국이 확신에 찬 표정으로 형사를 보며 미소를 올렸다.

"형사님, 할 말이 있는데……."

형사는 듣고 있지 않았다. 다른 곳에 한눈이 팔린 상태였다.

"어이, 형사님. 뭘 그렇게 봐?"

어느새 형사의 시선이 열려 있는 문 쪽을 향해 있었다. 그의 손이 품 안을 더듬거렸고, 표정은 점점 사색이 되어갔다. 모두 형사가 바라보는 곳을 쳐다봤다. 그곳은 이들이 앉아 있는 곳, 이곳과 마주 보는 지점이었다. 수십 마리 그것들이 보였다. 그것들은 자신들의 동족인 한 마리를 둘러싸고 조금씩 지하철 안쪽으로 압박하고 있었다. 수많은 동료에 둘러싸인 그 한 마리는 달아나지 못하고 점점 지하철 안쪽으로 밀려 들어오고 있었다. 거대한 머리가 둥실거리며 이리저리 빠져나가보려 했지만, 한 치의 틈도 주지 않으며 다른 많은 것들이 그 하나를 누르고 있었다.

"저놈은 희생양이다."

형사가 중얼거리며 총을 꺼냈다. 손이 떨리는지 들린 총이 심하게 흔들렸다. 성식도 긴장하여 이빨이 딱딱거리며 부딪쳤다. 정은의 숨소리도 거칠게 들렸다. 입을 벌린 채 멍하니 쳐다보던 선국의 표정이 점점 구겨졌다.

"저것들 대가리가 괜히 큰 게 아니었네. 머리를 써?"

"어떻게 되는 거지? 들어오면 어떻게 되는 거냐고?"

형사의 다그침이 성식의 귀를 파고들었다. 예상치 못한, 아니 조금이나마 걱정한 부분이지만, 너무 일렀다.

'이제 단서가 풀려가는데. 이것들은 그저 우리를 가지고 노

는 걸까?'

성식이 공황에 빠져 소리쳤다.

"저도 몰라요! 저것들이 지하철 안으로 들어온 적은 없었다
고요!"

고서적의 정체

202X년 12월 20일

기철은 묻지도 따지지도 않고 곧바로 목적지를 향해 액셀을 밟았다. 이준은 그 모습을 보며, 기철다운 행동이라고 생각했다. 그는 이준의 말과 상황에 대해 단 한 번도 의문을 가지지 않았다. 그런 기철을 보며 이준은 조금 미안했다. 어찌 보면 은퇴한 뒤 잘 살고 있는 친구를 불러서 다시 어두운 그림자 안으로 끌어들인 셈이었다. 휴게소에 들러 잠깐 쉬는 동안, 기철이 떡볶이와 감자튀김을 들고 왔다. 야외 테이블에 앉더니 가지고 온 음식을 내려놓고, 품에서 작은 병을 꺼냈다. 이준이 이쑤시개를 들고 떡을 찍으려다 멈칫했다.

"뭐냐?"

"후추통."

"그걸 가지고 다녀?"

"후추야말로 만병통치 조미료지."

떡볶이에 후추를 잔뜩 뿌린 기철이 슬쩍 이준의 눈치를 살폈다.

"물어보고 칠 걸 그랬나?"

"나도 후추 좋아해."

"그러냐. 다행이네."

"사투리는 왜 안 쓰냐?"

"어? 사투리? 그거 쎄 보이려는 컨셉이었어. 나 사실 정통 표준어 구사하는 서울 시민이다?"

"미친놈."

"야, 그 바닥은 좀 미쳐야 적응해."

기철이 웃으며 말했다. 이준이 떡볶이를 입에 넣고 씹었다. 맛이 별로였다. 그건 기철도 마찬가지인지 쯧 하고 입맛을 다시며 후추통을 품에 넣었다.

"앤 그냥 맛이 갔네. 갔어. 만병통치약으로도 못 살리네."

"그래서 내가 호두과자나 사라고 했잖아."

"호두과자가 여기 명물이냐, 천안 명물이지."

"내가 너랑 만담하려고 여기 왔냐? 쓸데없는 말 그만하고 안 먹을 거면 빨리 치워."

"감자튀김은 배신 안 한다?"

기철이 감자튀김을 우물거리는 동안, 이준은 주변을 둘러보았다. 눈이 많이 내려 곳곳이 하얗게 얼어붙어 있었다. 강원도에 가까워지니 날도 추워지고 입김도 서렸다. 한때 제주도에 내려가 쉴 때가 생각났다. 같은 대한민국 땅덩어리인데, 이렇게 아주 작고 좁은 나라에서 지역별로 날씨가 다르다니 참으로 신기했다. 아래로 가면 따뜻하고, 위로 갈수록 추운 나라. 땅덩어리는 작은데 기후가 다르니 어찌 보면 천혜의 땅이 맞는 것 같았다.

이준이 하늘을 쳐다봤다. 하늘은 오늘따라 유난히 맑았다. 기철이 그런 이준을 보며 말했다.

"배불러?"

"떡볶이가 진짜 별로다."

"그놈의 호두과자. 그냥 사달라고 해라."

기철이 툴툴거리며 호두과자를 사러 가는 동안 이준은 계속 하늘을 쳐다봤다. 김 선생이 알려준 곳에 거의 다다랐다. 품 안에 있는 고서적을 손으로 만졌다.

'괜히 했어. 하지 말걸.'

이런 생각은 어떤 일이든 항상 초반에 드는 걱정이었다. 이준이 고개를 흔들었다.

'어려운 일은 아니잖아? 조각을 찾고, 또 찾고, 다 찾아서 퍼즐을 맞추면 되는 거다. 그에 따르는 위험은 부수적인걸로.'

이준이 씩 웃었다. 오랜만에 겪는 감정이었다. 처음 이 일을 시작했을 때 느끼던 그 감정.

기철이 어느새 돌아와 봉지를 건넸다.

"여기서 먹을 거 아니지? 가면서 먹어라."

"오냐."

이준이 웃으며 봉지를 받았다. 열어 호두과자 하나를 꺼내 입에 물었다. 달짝지근하고 따뜻하면서도 차가운 견과류가 씹혔다. 기철을 따라간 이준이 뒷좌석에 오르자 출발 준비를 하던 기철이 고개를 돌려 이준을 보고 물었다.

"맛있냐?"

"따뜻한, 차가운, 부드러운, 딱딱한, 달콤한, 고소한⋯⋯. 모두 다 여기 있어."

"오버하기는, 출발이나 하자."

기철이 얼굴 근육을 풀며 시동을 걸었다. 이준이 창밖을 바라봤다. 하얀 눈이 내려서 중간중간 얼어붙은 눈덩이가 보였다. 덜컹하고 차체가 흔들렸다. 이준이 다시 한번 김 선생이 적어준 주소를 확인했다. 가능성은 반반이었다. 김 선생이 속였거나, 아니면 진짜거나.

'일단 가보는 수밖에.'

그렇게 고속도로를 한참 달리다가, 요금소를 나선 뒤 기철이 방향을 틀었다.

"이쪽 길로는 차량이 거의 없네."

"산골이 다 그렇지."

"도로 상태가 별로니까 좀 흔들릴 거다."

차체가 덜컹거리자 기철이 큭 하고 웃으며 속도를 줄였다.

"쯧, 이럴 줄 알았으면 사무실 차로 가져올걸. 괜히 내 차를 끌고 와서."

이준의 시선에 가파른 고갯길이 드러났다. 도로 상태로 추측했을 때 차가 자주 다니는 길은 아니었다. 고갯길을 오르는 동안 이준이 주변을 살폈다. 고갯길 옆으로는 가파른 낭떠러지가 보였다. 눈이 내려 얼었는지 기철이 신중하게 운전하고 있었다. 자칫 미끄러졌다가는 추락할 수도 있었다.

기철이 눈살을 찌푸리며 중얼거렸다.

"아오, 집중하려니 눈알 빠지겠네."

"이 길만 넘으면 나와. 조심해라."

이준의 대답에 기철이 말없이 손을 들어 답했다. 다행히 지나다니는 차가 없어서 운전에만 집중할 수 있었다. 그렇게 천천히 고갯길 정상에 오르니, 저만치 내려가는 길 끝에 민가가 보였다. 기철이 안도의 한숨을 내쉬었다. 길을 다 내려온 뒤 속도를 다시 올리며 기철이 말했다.

"주의 사항은 없는 거냐?"

"정보가 거짓이라면 대비는 해야겠지."

"알겠다."

기철이 덤덤히 답했다. 하지만 정보가 거짓일 거라고 보기에는 김 선생 장부에 있던 그 그림이 내심 걸렸다. 세월의 흔적이 역력한 걸 눈으로 직접 봤기에, 꾸며낸 거라는 생각이 들지 않았다. 민가가 가까워지자 기철이 다시 속도를 줄였다. 낡고 오래된 집들이었다.

"주차할 곳이 마땅치 않네."

"일단 근처 공터라도 있으면 주차해놓고 걸어가자."

이준의 말에 기철이 핸들을 돌렸다. 계속 서행하다 보니 작은 공터가 보여, 기철이 곧바로 그쪽으로 차를 옮겼다. 시동을 끈 뒤 기철이 앞쪽 수납함을 열었다. 이준이 슬쩍 보니 나이프를 챙기고 있었다. 이준은 일부러 모른 척했다. 자기방어의 수단일 뿐이다. 그리고 자신을 지키려고도 하는 거고. 기철이 돌아보며 이준에게 말했다.

"나가자고."

문을 닫고 나선 기철이 기지개를 켰다. 강원도로 출발하기 전 기철의 차안에서 편한 복장으로 갈아입었는데도 기철이 입은 패딩은 흰색이었다. 기철이 긴 다리를 앞으로 내디뎠다. 눈이 쌓여 있어서 밟을 때마다 소리가 들렸다. 소리가 듣기 좋은지 기철이 흥얼거리며 듬성듬성 걸었다. 이준이 옆에 붙어 스마트폰을 꺼냈다.

"전화번호는 없는 번호라고 나와. 뭐, 개인 번호고 이십 년 전이니까."

"찾아가보니 아무것도 없고 그런 거 아냐?"

"분명 가업이라고 했고, 보통 무속인들은 대를 이으니……. 그런데 이런 산골에서 생활이 되나?"

한동안 둘은 계속 걸었다. 이제 목적지까지 얼마 남지 않았다. 저만치, 낡은 한옥 한 채가 눈에 들어왔다. 이준의 표정이 밝아졌다. 이제 그 정보, '소환 의식에 대한 구전'을 확인할 수 있었다. 어쩌면 고서적의 독음 해독도 가능할지 모른다.

기철이 주머니에 손을 넣으며 나지막이 말했다.

"혹시라도 이상하면 바로 신호 줘라."

"여긴 그렇게 위험할 거 같지는 않아. 내 감이 그래."

"그러냐? 감이 그렇다면 거의 확실하겠네. 네 감은 진짜배

기니까."

한옥 문은 낡은 철문이었다. 이준이 문을 구석구석 살폈다. 주변에 CCTV도 없는, 흔한 시골집 현관문이었다. 문에 달린 동그란 문고리를 잡으며 기철이 피식 웃었다.

"야, 이런 게 아직도 있네? 이거 이렇게 하는 거잖아. 문고리 잡고 쾅쾅."

쾅쾅쾅.

문고리와 문이 부딪치며 소리가 울렸다.

"계십니까?"

기철이 우렁찬 목소리로 외쳤다. 인기척이 느껴졌다. 둘이 문에서 잠깐 떨어졌다. 끼익하는 쇳소리가 들리며, 철문이 열렸다. 머리가 백발인 노파가 둘을 쳐다봤다. 시선이 마주친 이준이 허리를 숙이며 인사를 건넸다.

"아, 안녕하십니까."

인사를 받는 둥 마는 둥 노파는 고개를 비스듬히 기울인 채 이준의 얼굴을 뚫어져라 바라봤다. 심상치 않은 눈빛에 이준이 말을 멈췄다. 기철이 그런 노파를 가만히 살피고 있었다. 노파가 이준의 얼굴에서 눈을 떼지 않으며 입을 열었다. 가래가 끓는 것처럼 거칠고 갈라지는 목소리였다.

"무슨 일로 오셨소?"

"안녕하세요. 몇 가지 여쭈어보고 정보를 확인하고 싶어서 방문했습니다. 저는 프리랜서로 일하는 오컬트 전문가입니다. 몇 가지 여쭈어 볼 게 있어서요."

"오컬트 전문가는 뭐야?"

"음, 그냥 이것저것 조사하는 탐정 같은 겁니다."

"흠, 당신 같은 부류가 설치니 우리가 무시당하는 거야."

노파가 혀를 차며 눈살을 찌푸렸다. 이준이 어설프게 웃어 넘겼다. 기철이 그런 노파를 쓱 훑다가 노파의 뒤편에 있는 마루 쪽으로 시선을 옮겼다. 낡고 고풍스러운 마루의 상태를 보니 집이 지어진 지 꽤 오래된 듯 보였다. 기철의 시선이 마루에서 방으로, 그리고 문 위에 걸린 명패로 이동했다. 기철이 이준의 팔을 툭 쳤다. 이준이 돌아보자, 기철이 슬쩍 물었다.

"저거 한자로 뭐라고 쓴 거냐?"

"⋯⋯성한당(护韓當)."

"여긴 절 같은 데냐? 무슨 뜻인데?"

"절은 아니야. 세가 같은⋯⋯."

노파가 둘의 대화를 끊었다.

"당주님은 안 계셔. 당주님 뵈러 온 거면 헛짓거리한 거야."

"당주님요?"

이준이 흥미롭다는 얼굴로 노파에게 물었다.

"혹시 제가 당주님의 존함을 알 수 있을까요?"

"네놈은 협회 소속이 아니냐?"

노파의 입에서 협회라는 말이 나오자, 이준이 움찔하며 입을 다물었다. 기철이 옆에서 어색한 분위기를 전환하고자 우스갯소리를 날렸다.

"에이, 누님. 우리는 그냥 프리랜서입니다, 프리랜서. 자유로움을 추구하는. 소속 그런 게 아니고요. 그나저나 저희가 물어볼 게 있는데 여기 서서 떠드는 거보다 안에서 차라도 한잔하면서……."

"누님? 손자뻘 놈이 무슨."

노파가 피식하고 웃었다. 백발이 성성하고 주름이 가득한데도 기철이 능글맞게 받아치는 모습이 마음에 든 것 같았다. 노파가 고갯짓했다. 따라오라는 신호였다. 이준과 기철이 노파를 따라 마루에 오른 뒤 방 안으로 들어섰다. 방 안에는 화려한 벽화와 함께 장군으로 보이는 상이 하나 놓여 있었다. 엉거주춤 서 있는 둘에게 노파가 툭 말을 뱉었다.

"앉아, 아무 데나."

"아, 네."

이준이 중앙에 앉고 기철이 옆에 앉았다. 노파가 차를 준비하려고 나간 사이, 기철이 방 안을 구경하다가 장군상을 보고 이준에게 물었다.

"누굴까?"

"모르지. 무속인들은 각자 다 받는 신들이 달라서."

"아까 당주님이라고 하던데 너 아는 거 있냐?"

"당주라는 개념은 현재 거의 없다고 알고 있어. 보통은 문중의 대표로 문장이라 불리거나 아니면 가주나 종손이겠지."

"뭔 차이냐?"

"쉽게 말하면, 당주는 그 가문 전체의 왕이나 다름없어. 절대적인 권한을 지니지."

성한당. 이준이 명패를 곱씹어보며 생각에 잠겼다.

'지킨다. 뭘를? 누구에게서?'

노파가 찻주전자와 잔을 들고 돌아왔다. 대충 둘의 앞에 내려놓은 노파가 차를 따랐다. 기철이 얼른 받아 호로록 마셨다.

"크으……. 맛 죽이네. 이게 뭡니까, 누님?"

"유자차."

"아, 그렇네요. 유자차네."

"뭘 생각한 거야?"

노파의 말에 기철이 당황한 표정으로 차만 홀짝였다. 이준이 정중한 말투로 노파에게 말을 건넸다.

"실례지만, 신비협회 소속이십니까?"

"우리 가문은 예전부터 협회 쪽의 권유를 계속 받아왔어."

노파가 이준의 질문에 말을 풀기 시작했다. 처음에는 거슬렸던 갈라지는 목소리가 점점 익숙해졌다. 기철 역시 자기도 모르게 노파의 말에 귀를 기울이고 있었다.

"하지만 우리는 우리 할 일이 있기에…… 어디 들어가는 건 싫었지."

"지금은 좀 달라졌다는 뉘앙스네요."

노파가 이준을 잠깐 보더니, 입꼬리를 올렸다.

"눈치가 빨라. 감이 좋은 놈이야."

"그런 말 많이 듣습니다."

"무슨 일로 온 거냐?"

노파의 눈이 가늘어졌다.

"당주님과 연관이 없으면 일없어."

"글쎄요. 있을 수도 없을 수도요. 일단 이 오지에 찾아온 저희를 맞이해주시는 것도 그렇고, 그냥 내치진 않으셨으니까."

이준이 씩 웃더니, 장군상을 보고 한마디 던졌다.

"충무공입니까?"

노파가 눈을 동그랗게 뜨며 이준을 쳐다봤다. 기철도 마찬가지였다. 기철이 놀란 얼굴로 이준에게 물었다.

"이순신 장군님?"

"기철아, 성한당의 뜻은 '지킨다'의 성 그리고 우리나라를 뜻하는 한이야. 그리고 장군님을 모시지. 우리나라 역사에서 외세의 위협에 맞선 가장 위대한 장군이 누구지?"

"당연히 이순신 장군님이지."

"그러니까."

기철이 고개를 끄덕였다. 노파가 굳어진 표정으로 이준을 쳐다봤다.

"궁금한 게 뭐야?"

"이십 년 전에도 비슷한 문의를 한 사람이 있었을 겁니다."

이준이 수염을 만지며 말을 꺼냈다.

"강원도에서 벌어진 '소환 의식에 대한 구전'."

"……."

"그리고 제가 확인한 정보로는 어떤 책이 연관되어 있다고 알고 있고요. 고서적인데, 혹시 아십니까?"

"이십 년 전 일은 나도 배우던 처지인지라 몰라. 그때는 내 스승님이 맡았지."

"그럼 그 당주님이란 분이 스승님이십니까?"

"이미 떠나셨어. 현 당주님은 직계야. 그건 거스를 수 없는 우리 가문의 운명이고."

"저희가 여기 온 게 헛걸음일까요? 오늘 당주님을 뵙지 못하면요."

이준이 날카로운 질문을 던졌다. 노파가 찻잔을 들어 입에 머금더니 천천히 삼켰다.

"글쎄다."

"그러면 좀 더 협상하죠. 모르신다고 했지만 제가 보기에는 대충 흐름은 아시는 것 같거든요."

이준이 품에서, 붉은 천으로 동여맨 고서적을 꺼냈다. 천천히 천을 풀자, 고서적이 그 모습을 드러냈다. 노파가 놀라며 앉은 채 뒤로 물러섰다. 손가락을 들어 가리키는 모습이 충격에 빠진 듯했다. 노파의 입술 끝이 파르르 떨렸다.

"이건 어디서 난 거야?"

"단지 의뢰입니다. 저도 출처는 모르고요."

"이, 이건…… 내가 판단할 문제가 아니야. 당주님께 바로 보고해야 해!"

협회랑 엮일 수도 있었다. 이준이 눈살을 찌푸렸다. 이 성한 당의 당주라는 사람은 신비협회 소속임이 분명했다. 협회가 아는 건 의뢰인도 원하지 않을 것이기에 이준은 조금 불편했다. 하지만 협회가 전혀 모를 것 같지는 않았다. 자택에서 습격당했을 때 찾아온 이도 분명 협회 소속이라 했다.

이준이 한숨을 내쉬며 말했다.

"귀찮지만 어쩔 수 없네요. 저는 그 '소환 의식에 대한 구전'만 알면 됩니다."

"네놈은 몰라! 왜 우리 가문이 강원도에 정착했는지."

노파가 중얼거렸다. 노파의 목소리가 점점 변하고 있었다. 처음 걸걸하고 갈라진 목소리가 서서히 톤이 높아지고, 부드러워졌다. 노파가 찻잔을 들어 한 모금 마시더니 이마를 손으로 세 번 쳤다.

딱딱딱.

노파의 눈이 가늘어졌다.

"서울에서 태어나, 경상도에서 가시고, 충청도에 묻히신 충무공을 왜 여기 강원도에서 모실까나."

"……."

"그건 지켜야 하기 때문이야."

"무엇으로부터요?"

"우리는 그걸 귀(鬼)라고 부른다."

노파가 계속 이마를 탁탁 쳐댔다. 어깨를 들썩하며 몸을 푼 노파가 고개를 들어 천장을 노려봤다. 이윽고 고개를 돌린 노파가 장군상, 충무공을 보며 눈을 감고 고개를 흔들었다. 노파의 눈이 희번덕거렸다. 기철이 얼른 이준의 곁에 바싹 붙었다.

"나, 이런 거 존나 적응 안 된다."

"쉿."

노파가 눈을 덥석 떴다. 입꼬리가 서서히 올라갔다. 노파의 입술이 벌어지며 누런 치아가 드러났다. 흘러나오는 목소리. 처음과는 전혀 달리 들렸다. 톤이 높아지고, 귀에 쏙쏙 박히는, 바로 옛 이야기꾼들의 목소리였다.

"구전은 입에서 입으로 전해지는 이야기 그 자체야. 기록을 남기지 않는 그냥 이야기 그 자체야. 그러니 잘 들어라. 오로지 내 말을 듣고, 귀로 기억해라."

이준이 침을 꿀꺽 삼켰다. 기철 역시 마찬가지였다. 노파가 활짝 웃었다. 노파의 두 눈은 온통 흰자위로 뒤덮인 상태였다.

"이제 들려주마, 그 소환에 관한 구전을."

서기 1932년, 대한민국 14년, 단기 4265년, 불기 2476년 임신년. 현 강원도 소재 영동 지역 바닷가를 등지고 길을 오르면 가파르지만 걸을 수 있는 산골이 존재했어. 그 오지에 여기저기 오가던 사람들이 모여 조그만 마을을 만들었는데, 그들 모두 가족같이 화목하게 서로 형님 아우 하고 지냈단다. 대충 그 수를 계산하면 수백 명이지만 모두 누가 누군지를 잘 알고 지내는 사이였어. 마을이 생겼으니, 주민을 대표하는 이가 있어야지? 그래서 촌장이 뽑혔고 촌장은 나름 인맥을 통해 주민들을 잘 달랬지.

촌장에게는 장성한 아들이 있었는데 그 아들놈은 대가리가 크자마자 이 좁은 구석이 싫다고 외부로 나가버렸어. 모두 반대했지만 촌장은 예외였지. 어디든 한 걸음 두 걸음 다니다 보면 배움이 많고 그게 아들에게 커다란 도움이 될 거라 믿었으니까. 모두가 잘 지냈어. 촌장은 나름의 책임감으로 모두를 다스렸고 그런 촌장 밑에서 수백의 주민들은 각자 할 일을 하며 밥을 먹고 살았어.

그런데 그 촌장의 아들이 외부에서 돌아온 거야. 아들의 겉모습은 멀쩡했지만 뭔가 분위기가 달라져 있었지. 아들이 음침해지고 말수가 적어진 걸 걱정한 촌장은 마을 내 가장 영험한 무당에게 의견을 구했어.

무당은 그 마을이 생기기 전부터 종종 주민들의 생을 봐주던 호인이었지. 원래 그 마을에 거처를 둘 필요도 없었지만, 그 무당은 천생 남을 돕고 싶었던 거야. 촌장의 돌아온 아들을 본 무당은 대충 몇 가지 대화를 나눠봤어. 아들의 대답을 듣고 무당은 번쩍 정신을 차렸지.

"이놈은 촌장의 아들이 아니다. 완전히 다른 존재다. 귀신의 수하다."

아들의 사주와 기타 여러 가지를 확인한 무당은 촌장에게

154

지금 모습은 거짓이라며 강력하게 주장했어. 하지만 촌장은 무당의 말을 듣지 않았다. 그럴 수밖에 없겠지. 아버지가 아들을 내칠 수 있나. 무당은 마을 전체에 피해를 줄 이라며 촌장의 아들을 거부했지만, 촌장은 그런 무당의 말을 무시하며 계속 아들의 상태만 살폈어. 무당의 선택은 촌장 아들의 추방이었고, 촌장은 그런 무당의 말을 따를 수 없었지.

무당은 알고 지내던 모든 지인에게 촌장의 아들에 대해 경고하며 그를 내쫓지 않으면 무서운 일이 벌어질 거라 경고했어. 하지만 촌장이 그동안 잘해왔던지라 대부분 촌장의 편이었어. 모두가 무당의 말을 무시했지. 결국엔 촌장의 지시하에 오히려 무당을 이 마을에서 추방하기로 결정이 나버렸지. 무당은 떠나기 싫었어. 마을에 정이 있어서는 아니야. 단지, 마을 사람 모두가 촌장의 아들에 대해 모르고 있다가 해를 당하는 게 싫어서였어. 그렇지만 무당 혼자서는 힘이 없었지. 모두가 촌장을 따르니 무당은 방법이 없었어. 결국 무당은 추방되기 전 자신을 챙겨주거나 친했던 이들을 일일이 찾아가 설득했어. 마을 전체가 귀를 소환하기 위한 제물로 바쳐지게 되니 당신들이라도 이틀 안에 무조건 떠나라고. 간곡한 무당의 설득에 몇몇은 생각을 바꾸기 시작했지. 무당에게 큰 도움을 받은 이들도 있었거니와 개중에는 촌장 아들의 행동이 수상하다고 느낀 감이 좋은 이들도 있었거든. 비록 열도 안 되는 적은 수이지만 무당의 말을 믿고 마을을 떠나기로 결심했지. 촌장과 다른 주민들은 처음에는 만류했지만 그저 겉치레였고 몇 명이 떠나는 건 마을에 큰 영향을 주지 않기에 강하게 붙잡지는 않았어. 하지만 이상하게도 촌장의 아들은 달랐어. 어떻게든 떠나는 이들을 붙잡으려고 노력했어. 온갖 설득을 하고 눈물까지 흘려가며 간곡히 말이야. 그런 촌장 아들의 행동에 떠나기로 마음먹었던 이들 중 몇 명이 생각을 바꿨어. 그렇게 무당을 따라 떠나는 이는 단 세 가족. 기어코 떠나겠다는 그들을 보는 촌장 아들의 눈빛은 아쉬움으로 가득했어.

그래. 그렇게 무당이 말한 당일이 되었어. 무당을 따라 마을을 뒤로하고 산에서 내려가던 이들은 그래도 정이 붙었던 공간과 사람들이었는지라 영 발걸음이 떨어지질 않았어. 그렇게 마을이 있는 쪽을 돌아보는 한 주민의 눈에 마을 위에 떠있는 붉은빛이 보였어. 주민의 외침에 모두가 마을 위 하늘을 쳐다봤어. 오직 마을이 있는 곳만, 붉게 물든 하늘이었어. 그리고 소리가 서서히 들려왔지. 그래. 무슨 소리가 들렸을꼬? 니들이 생각하는 그 소리야. 비명. 고함. 울부짖음. 찢어지는 소리. 타오르는 소리. 무너지는 소리.

공포를 주는 모든 소리.

무당이 겁에 질린 모두를 이끌었어. 정신을 차리지 못하는 이들의 뺨을 때려가며 서둘러 마을을 벗어나 산을 내려가야 한다고, 안 그러면 죽는다고 소리쳤지. 무당의 외침에 모두가 넋이 나간 채 줄줄이 무당의 뒤를 따랐어. 얼마나 걸었을까. 한참을 걸었을 거야. 그리고 그 소리가 더 들리지 않고 붉은 하늘이 보이지 않게 되자 무당은 걸음을 멈췄지. 무당은 자신을 따른 무리를 죽 둘러봤어. 열 명이 채 안 되는 이들을. 무당은 한 명 한 명의 손을 잡으며 자신이 알게 된 사실을 말해주기 시작했어.

촌장의 아들은 껍데기일 뿐 알맹이는 다른 존재였지. 그 존재가 마을로 다시 돌아온 이유는 바로 마을 전체를 제물로 삼아 무언가를 소환하려 했다는 거야. 무당도 그것이 뭔지는 몰랐어. 하지만 그것이 소환된다면 하늘이 무너지고 땅이 꺼질 거라는 건 알았지. 촌장의 아들을 현혹해서 그것을 소환하려고 숭배하는 집단이 있을 거라는 것도. 다만 자신을 따라온 단 몇 명으로 마을 전체의 희생이라는 조건이 성립되지 않아 소환은 실패했고 당분간은 시간을 벌 수 있을 거라고. 예전 마을과 주민들은 모두 사라졌으니, 지금부터 모든 기억을 지우고 새 삶을 시작하라고 당부했어. 살아남은 이들은 무당의 말대로 평생 입을 다물고 살았어.

이것이 예부터 전해지는 바로 그 이야기야.

이야기를 끝낸 노파가 쿨럭 거리며 숨을 몰아쉬었다. 기철
이 얼른 찻잔을 건넸다. 노파가 목을 축이는 동안 이준은 생각
에 잠겼다. 여러 가지가 떠올랐지만, 우선 물어볼 것은 고서적
의 정체였다. 이준이 천천히 말을 꺼냈다.

"이 고서적이 그 귀라는 존재의 소환과 연관이 있는 겁니까?"

"나도 몰라. 하지만 기운이 심상치 않다. 당주님은 알겠지."

걸걸한 목소리로 돌아온 노파가 품에서 스마트폰을 꺼냈
다. 스마트폰을 본 기철이 놀란 표정으로 노파를 바라봤다. 노
파가 그런 기철에게 한 소리 했다.

"왜? 난 폰도 못 써?"

"아니요. 뭔가 분위기상⋯⋯."

"쯧쯧, 우리도 다 똑같은 사람이고 살아가는 존재야. 거기
너, 이름이 뭐라고 했지?"

노파가 이준을 보며 물었다. 이준이 탐탁지 않은 표정으로
답했다.

"이준입니다."

"불만 있는 표정은 뭐야?"

"아, 그게 협회에서 알면 좀 그래서요. 이 의뢰 자체가⋯⋯."

"넌 이제 그런 거로 고민해야 할 상황이 아니야. 어떻게든 막아야 하는 상황으로 바뀌었다."

노파의 말을 들은 이준의 표정이 굳어졌다. 노파가 손가락으로 이준의 품을 가리켰다.

"그건 저주받았어. 그 기운만 봐도 알 수 있다. 네놈이 엮인 것도 그 책과 운명이 얽힌 거지."

"……"

"아무튼, 당주님이 직접 연락을 줄 거다. 난 그저 보고하는 처지니."

노파가 손을 휘 내저었다.

"그럼 가봐."

"네? 가라고요?"

"여기 더 있어서 뭐 해. 네놈들이 더 붙어 있으면 이곳이 위험해져."

기철의 눈빛이 번득였다. 이준이 심각한 표정으로 물었다.

"그게 무슨 뜻입니까?"

"그 책을 네놈이 가지고 다니는데 그들이 아무런 신경을 쓰지 않을까?"

기철이 고개를 돌려 뒤를 살폈다. 딱히 인기척이 느껴지지는 않았다. 기철이 들릴 듯 말 듯 중얼거렸다.

"누가 쫓거나 그런 기색은 없었는데."

"그들을 무시하지 마라. 그들은 아주 오래전부터 귀를 숭배해 온 집단이야."

노파가 나지막이 말을 이었다.

"눈과 귀가 많아."

"그럴 거라 짐작은 했는데 조용하더라고요. 제가 습격을 받을 때도요."

"그들이 원하는 건 네놈에게 맡긴 의뢰지, 네놈은 중요하지 않아. 네놈이 죽더라도 신경도 안 쓸 놈들이야."

노파가 자리에서 일어섰다. 얼른 나가라는 손짓을 하며 노파가 둘을 밖으로 쫓아냈다.

"빨리 돌아가!"

"아이고, 누님. 차가우시네."

기철이 멋쩍게 웃으며 머리를 긁적였다. 이준이 그런 노파를 가만히 보다가, 허리를 숙여 작별 인사를 건넸다.

"도와주셔서 감사합니다."

"널 도울 이는 내가 아니야."

노파가 피식 웃으며 이준을 쳐다봤다.

"우리 당주님이 널 찾아갈 거다."

*

다음 날.

서울로 돌아온 이준은 당분간 기철의 사무실에서 지내기로 했다. 성한당에서 들은 이야기도 있거니와 돌아오는 도중 곧바로 성한당의 당주에게 문자를 받은 이유도 있었다. 이준이 문자를 다시 한번 확인했다.

[안녕하십니까. 성한당 당주입니다. 제가 방문할 곳과 연락처를 남겨 주시면 감사하겠습니다.]

짧지만 군더더기 없이 용건이 확실한 내용이었다. 당주라는 이의 성격을 알 것 같았다. 그래서 선택한 장소가 바로 기철의 사무실이었다. 컴퓨터 앞에 앉아 있던 기철이 의자를 빙글 돌려 이준을 바라봤다.

"약속 시간이 몇 시라고?"

"거의 다 됐어. 2시 약속이니까."

"그 협회라는 곳? 혹시 위험한 단체냐?"

"신비협회. 일반인들은 잘 몰라. 알려져 봤자 좋은 게 없고 귀찮아질 뿐이니까."

말 그대로 대한민국 대부분의 무속인이 소속된 전국적인 조직이다. 오컬트의 본산. 그들은 서로 정보를 공유하며 잘못

된 신을 받아 사기를 치는 등 문제를 일으키는 모든 상황을 관리하고 조절했다. 하지만 동종 업계 종사자들이 전부 협회를 믿는 것은 아니었다. 따라서 협회의 관리를 받지 않는 이들도 많았다. 종교적 충돌도 문제였지만 협회의 날이 서린 감시가 계속되는 시점이었다. 이준이 고개를 흔들었다.

"그렇게 위험한 곳은 아니야. 뒤로 뭐 하는지는 모르지만."

"위험하네! 음지에서 움직이는 것들은 다 똑같아."

기철이 씩 웃었다. 스마트워치에서 진동이 울렸다. 2시였다. 이준이 고개를 들어 사무실 문을 쳐다봤다.

통통.

누군가 문을 두드리는 소리가 들렸다. 기철이 일어나 문 쪽으로 다가갔다.

"누구십니까?"

"이준 씨와 약속한 사람입니다."

기철이 이준을 쳐다봤다. 이준이 고개를 끄덕였다. 기철이 문을 열었다. 문 앞에 남녀 둘이 서 있었다. 남자를 본 이준이 "아." 하며 알은척을 했다.

"그때 야구 방망이?"

"하, 연락 주신다면서요. 명함만 받아 가시고, 저 많이 혼났다고요."

이수현 대리. 이준의 자택에서 습격 당시 이준을 구해준 사내였다. 이준이 웃으며 사내를 반겼다.

"제가 좀 바빠서…… 그때 구해주셔서 감사했습니다."

이준의 시선이 이수현 대리 옆에 서있는 젊은 여자에게 향했다. 기철도 여자를 계속 주시하고 있었다. 둘의 시선을 느낀 듯 이수현 대리가 서둘러 여자를 소개했다.

"내 정신 좀 봐, 저희 본부장이십니다."

"본부장?"

기철이 놀란 눈으로 여자를 쳐다봤다. 그건 이준도 마찬가지였다. 그도 그럴 것이 그녀를 아무리 봐도 앳된 얼굴이었다. 여자가 이준과 기철을 번갈아 보더니 입을 열었다.

"누가 이준 씨죠?"

"아, 접니다."

이준이 대답하며 그녀에게 다가갔다. 여자가 손을 내밀었다. 검은 정장에 검은 장갑을 꼈는데 긴 흑발과 어우러져 묘한 분위기를 풍겼다. 이준과 악수를 나눈 뒤 여자가 대뜸 물었다.

"저 분은 누구죠. 믿을 만한 사람입니까?"

"뭐요? 아니, 갑자기 시비네…… 이 여자가!"

기철이 발끈했지만, 여자는 들은 척도 하지 않았다. 이준이 고개를 끄덕였다. 그러자 여자가 고개를 돌려 이수현 대리에게 말했다.

"이 대리님은 돌아가셔도 됩니다. 이제부터는 제가 직접 말할 테니."

"네, 알겠습니다."

걱정 하나 없는 자연스러운 행동이었다. 이수현 대리가 나가자, 여자가 몸을 돌려 문을 닫았다. 이준과 기철이 그런 여자의 행동을 계속 주시했다. 여자가 다시 몸을 돌렸다. 그녀의 시선과 이준의 시선이 서로 마주쳤다.

"설마, 성한당의 당주가……."

"네, 제가 성한당의 당주입니다. 협회 방어 본부장이기도 하고요."

여자가 무표정한 얼굴로 말을 이었다.

"그럼 고서적을 보여주시죠."

희생과 절망

202X년 12월 25일

지하철은 여전히 멈춰 있는 상태였지만, 아까와는 완전히 다른 상황으로 변해버렸다. 모두가 당황한 사이, 그것 중 한 마리가 열린 문에 닿을 정도로 바짝 다가왔다. 뭐가 그리 급한지 그것은 머리를 이리저리 흔들며 눈알도 마구 굴렸다. 성식은 다리가 떨려 손으로 무릎을 붙잡았지만 떨림이 멈출 생각을 하지 않았다. 정은도 무서운지 입술을 꾹 깨물고 있었다. 형사가 슬그머니 자리에서 일어나며 천천히 총을 들었다.

"아, 이것 좀 일단 풀어봐!"

선국이 형사에게 악을 쓰기 시작했다. 선국의 말을 한 귀로 흘렸는지 아니면 듣지 못했는지 무시한 형사가 서서히 총을 그것에게 겨누었다. 선국이 일어나 두 팔을 마구 흔들며 수갑을 풀려고 애썼다. 성식도 겨우 자리에서 일어섰다. 여차하면 자리를 피해 달아나야 했다. 단지, 그것이 안으로 들어오게 된다면 모든 걸 포기해야 할 상황이 닥칠지도 몰랐다. 조금씩 지하철 안으로 밀리던 그것이 갑자기 입을 쩍 벌렸다.

"끼끼끼끼이이이이."

"으악!"

"꺄아악!"

귀를 찢는 소리에 성식은 두 귀를 막고 몸을 숙였다. 다른 이들도 마찬가지였다. 그것의 몸을 덮고 있던 검은 안개가 순식간에 걷혔다. 들어오지 않으려고 버티는 것 같았다. 끔찍한 소리를 지르며 그중 한 마리의 몸이 드러났다.

"저, 저게 뭐야!"

형사가 경악하며 외쳤다. 들고 있는 총이 손에서 놓칠까 걱정될 정도로 형사의 몸이 떨리기 시작했다. 쳐다보는 다른 이들도 경악스러운 눈빛을 하고 있기는 마찬가지였다.

"끼끼끼끼이이이이."

"저게 대체 뭐냐고!"

성식은 알 수 있었다. 그것의 신체는, 몸은 불과 수십 분 전

봤던 몸이다. 처음 성식을 습격했던 긴 머리 여성의 몸. 그녀의 몸이 퍼즐처럼 분리되어, 그것의 몸을 이루고 있었다. 여자의 머리, 팔, 가슴과 손, 발이 조각조각 끼워 맞춰져 있었다. 저쩍 벌어진 입과 이빨들을 볼 때, 분명 긴 머리 여성의 몸을 삼켰을 거란 생각이 들었다.

"아까 그 여자예요!"

"어? 저 얼굴은…… 전에 끌려간…….."

"나도 봤어요. 보지 말아요. 끔찍하니까."

아무렇지 않은 듯 소리쳤지만, 성식도 속이 울렁일 정도로 비위가 상했다. 저 밖의 그것은, 이곳에 건너온 이들을 먹고 자신의 몸으로 만들었다. 시체 조각들은 그것의 몸으로 변해 이 공간에 공존하고 있었다.

그 한 마리의 팔과 다리가 지하철 문틈을 붙잡았다. 들어오지 않으려고 발악하고 있었다. 밖에서 계속 압박하자 버티지 못하고 그 한 마리의 몸이 지하철 내부로 들어왔다. 모두가 서둘러 뒤로 몸을 피했다. 그것의 눈이 회전하는 야구공처럼 빙글빙글 돌았다. 벌어진 입에서 붉은 점액질의 액체가 흘러내렸다. 꿈틀거리던 그것이 지하철 바닥에 엎드려 서서히 기기 시작했다. 성식과 일행을 향해서.

"저 괴물은 왜 안 죽어? 들어오면 죽는 거 아니었어?"

선국이 뒷걸음치며 말했다. 그것의 몸이 아주 천천히 기어 왔다. 그것이 내는 소리에 지하철 내부가 울려 귀가 너무 아팠다. 우두커니 서 있는 형사를 보며 선국이 소리쳤다.

"뭘 해봐야지, 형사님! 아, 이거 안 죽으면 저 밖에 있는 놈들도 다 들어오는 거 아니냐고!"

"나보고 어쩌라고!"

"그럼 이것 좀 풀어 봐!"

"그건 안 돼!"

"정말 돌아버리겠네."

선국의 말에도 일리가 있었다. 지금 들어온 놈은 그것들의 희생양이었다. 마치 실험체처럼 이 안으로 들어설 수 있는가를 시험하는 것이었다.

'왜 처음부터 이런 시도를 하지 않았지? 괴물들도 몰랐던 건가? 아니지, 아까 문득 들었던 판단이 맞아. 이놈들은 진화 중이야.'

다리에 힘이 풀리는지 정은이 통로 바닥에 주저앉아 울먹였다.

"괴물들이 들어오게 되면 우리는 모두 다 죽어요……"

그 말을 무시한 채 성식이 창으로 다가가 정은에게 손을 뻗쳤다. 축 늘어진 정은의 얼굴을 노려보며 성식이 소리쳤다.

"포기하지 말아요!"

"아니, 이제 모두 끝이에요."

"아직 아니란 말입니다! 들어온 저놈이 뭘 하는지 우린 아직 아무것도 몰라요!"

순간, 열차 안으로 기어 오던 한 마리가 움직임을 멈추었다. 그러다 갑자기, 몸을 부르르 떨었다. 거대한 머리를 바닥에 쿵쿵 치며 비명을 질렀다. 고통스러운 모양이었다. 몸을 움직이려 해보지만 마음대로 되지 않는 것 같았다. 이빨로 바닥을 긁으며 귀를 후벼 파는 소음을 내기 시작했다.

무거운 것에 짓눌린 듯 그것의 움직임이 부자연스러워졌다. 잠시 후 투둑투둑 소리와 함께 그것의 움직임이 멈췄다. 벌어진 입에서 흘러나오는 점액질로 바닥은 온통 붉게 물들었다. 모두가 그것의 움직임을 주시하고 있었다.

"저놈 죽은 거 아니야?"

선국이 중얼거렸다. 딱히 대답하지는 않았지만 모두 그것이 죽었기를 바랬다. 성식이 고개를 돌려 바깥의 그것들을 쳐다보았다. 빽빽이 찬 그것들의 머리와 눈알 때문에, 지하철 밖이 보이지 않았다. 이곳의 상황을 지켜보고 있는 그것들의 모습에 성식은 할 말을 잃었다. 선국이 이번에는 확실히 대상을 정해 물었다.

"죽은 거야? 형사님이, 확인해보쇼."

선국의 냉소적인 말투에 형사가 인상을 찌푸렸다.

"왜 내가 해?"

목소리가 떨렸다.

"경찰이잖아!"

"그게 여기서 무슨 소용이야?"

"민중의 지팡이 아니야? 시민을 보호하는!"

"제기랄!"

형사가 욕을 내뱉었지만 선국의 말에 마음이 흔들렸는지, 그것의 곁으로 조금씩 다가갔다. 그래도 자신의 직업이 경찰이라는 것을 자각하고는 있는 모양이었다. 총을 겨눈 채 형사가 그것의 몸을 발로 툭 쳤다. 미동도 없었다. 이번에는 형사의 발이 그것의 머리로 향했다. 꿈쩍도 하지 않았다. 형사가 슬며시 허리를 숙여 그것의 머리를 바라보았다.

"끼끼끼끼이이이이."

그것의 머리가 형사의 발목을 물었다. 순식간이었다.

"으아악!"

비명을 지르며 형사의 몸이 뒤로 자빠졌다. 피가 순식간에 그의 다리에 번져 흘러내렸다. 손에서 놓친 총이 저 멀리 바닥에 굴러떨어졌다. 다리를 빼내려는 그의 몸을, 그것이 문 쪽으로 질질 끌었다.

"아악! 사, 살려줘!"

아까는 순간적으로 벌어진 일이라 반응하지 못했지만, 지금은 상황이 달랐다. 성식이 얼른 형사의 팔을 붙잡고 끌려가는 걸 막기 위해 힘을 주었다.

"아아악! 아파!"

끔찍한 고통에 형사가 비명을 질러댔다.

'죽은 척한 건가?'

성식은 의심스러웠다. 하지만 그렇지는 않은 것 같았다. 그것은 죽어가고 있는 게 틀림없었다. 그런데도 어떻게든 살아있는 인간을 밖으로 끌어내려 했다. 마치 자신 말고 다른 제물을 희생양으로 삼으려 하는 것 같았다. 성식은 갑자기 분노가 치밀어 올라, 죽을힘을 다해 형사의 몸을 잡아당겼다.

"형사님! 버텨요!"

"아, 아프다고!"

형사가 신음을 내며 답했다. 엄청난 그것의 힘에 성식의 몸도 조금씩 끌려가고 있었다. 금방이라도 문 곁으로 끌려갈지 모른다는 생각이 성식의 머리에 엄습했다. 정은도 도울 수 없는 상황에서 그저 흐느끼고 있었다. 성식이 이를 악물며 있는 힘을 다했다.

'누가 좀 도와줘요. 하느님! 부처님! 제발!'

탕.

그것의 머리가 퍽 하고 터졌다. 점액질이 분수처럼 뿜어지며 형사의 다리를 적셨다. 형사를 끌고 가던 그것의 힘이 조금씩 사라져가는 게 느껴졌다. 성식이 돌아보니 선국이 총을 들고 서 있는 게 보였다. 그는 수갑을 찬 두 손으로 힘겹게 총을 쥐고 그것의 머리를 겨누고 있었다. 한숨을 쉬는 성식에게 선국이 인상을 쓰며 말했다.

"내가 아까 형사님한테 말하려던 게 이거야. 저 괴물이 사람을 붙잡는다며? 나도 잘 모르겠지만, 물리적으로 가능한 이야기였잖아. 저것들이 사람이나 물체를 잡는다면 저것들도 실체가 있는 거! 그건 우리가 공격하면 저것들도 죽을 수 있다는 이야기! 맞아, 안 맞아?"

"네?"

"아휴, 이해 안 가냐? 그냥 이대로 있어야 되겠어? 나도 미친놈 소리 듣지만, 저런 것들에 죽을 내가 아니란 소리다. 차라리 교수형을 당해 목을 쳐 매달고 뒤져도, 저딴 등신같이 생긴 것들한테 쉽게 못 죽는다 이 말이야! 지옥에 가더라도 한 마리 데리고 가야지."

"하하."

성식의 입에서 웃음이 새어 나왔다.

'저 사람 대단하다……. 이 상황에.'

선국은 성식을 지나쳐 형사에게 다가갔다.

"야, 괜찮냐?"

선국이 그것의 몸을 발로 차버린 뒤 물었다. 붉게 물든 허벅지를 바라보던 형사가 말없이 선국을 쳐다보았다. 선국의 인상이 구겨졌다.

"넌…… 내가 지금 괜찮아 보이냐?"

형사의 고개가 다시 자신의 다리로 향했다. 보고 있던 정은이 울음을 터뜨렸다.

"어, 없어요. 형사님의 다리가 없어요."

멍하니 쳐다보던 성식이 말을 더듬거렸다.

"이, 일단 지혈을…….'

"됐어."

형사가 낮은 목소리로 말했다. 그의 눈에 눈물이 그렁그렁 맺히고 있었다. 그의 다리는 종아리 부분에서 끊어져 나가고 없었다. 많은 피가 흘러나오고 있었다. 성식은 사람의 몸에 그렇게 많은 피가 있다는 걸 처음 알았다. 성식이 상의를 벗더니 형사에게 다가갔다.

"얼른 묶어. 이대로 놔두면 바로 죽는다."

선국의 말에 형사가 쓴웃음을 지었다.

선국에게 농담한 거지만 아무도 웃지 못했다. 상황은 생각보다 심각했다. 문이 닫히지 않는 이상, 지하철이 움직일 기색은 없어 보였다. 밖의 그것들은 언제라도 들어오기 위해 호시탐탐 기회만 노리고 있고, 점점 진화하고 있었다. 어서 빨리 병원으로 가서 치료해야 하건만, 평소에 생활하던 그곳으로 돌아가는 게 불가능해 보였다. 네 사람은 상황을 모두 받아들이고 있었다.

"아파도 참으세요."

성식이 종아리 윗부분을 강하게 묶자 형사가 비명을 내질렀다.

"크아아악……. 더럽게 아프네."

형사가 몸을 벽에 기댔다. 선국이 화가 나는지 바닥에 널브러진 그것의 몸을 힘껏 발로 걷어찼다. 축 밀려간 그 몸이 문에 가까워지자 밖의 그것들이 순식간에 낚아챘다. 뼈가 부러지는 소리와 함께 그것의 몸이 갈기갈기 찢어졌다. 게걸스러운 하이에나의 습격이 따로 없었다. 언제 그랬냐는 듯, 그것들의 머리가 다시 문 주위로 빼곡히 들어찼다. 여전히 지하철 안에 있는 이들을 지켜보고 있었다.

"난, 난 죽겠지?"

형사가 중얼거렸다. 대답해야 했으나 성식은 입이 떨어지지 않았다. 형사가 품을 뒤적이더니 무언가를 꺼내 선국의 발밑에 던졌다. 열쇠 꾸러미가 바닥에 쓸려가다가 선국의 구두에 부딪쳤다.

형사가 힘겨운 목소리로 말했다.

"수갑 풀어."

선국이 무표정한 얼굴로 열쇠를 집어 들었다. 수갑을 푸는 사이 성식은 형사의 몸을 좌석 위에 부축해 앉혔다. 성식이 세게 묶는다고 묶었는데도 출혈은 멈출 줄 몰랐다. 피가 조금씩 새어 나오며 뼈가 다 드러난 상처가 너무 끔찍했다. 정은은 시선을 다른 데로 돌리며 보지 않으려 애쓰고 있었다. 찰칵 소리와 함께 바닥에 수갑이 떨어졌다. 선국이 손목을 풀면서 형사와 성식에게 다가왔다.

"아프니까 정신이 번쩍 들어, 이제?"

"웃기지 마. 네가 도와줬잖아. 나도 사람이야."

"그래?"

선국이 씩 웃으며 품에 총을 집어넣었다. 성식도 형사도 그걸 보았지만 말리지 않았다. 선국이 없었으면 형사는 그것에게 끌려가 죽었을 게 뻔했다. 선국은 총을 잘 다루는 편이었다. 아마도, 실전용으로 몇 번 만진 적이 있는 것 같았다. 잠시 고개를 돌려 문밖을 쳐다보던 선국이 시선을 성식에게로 돌리며 말했다.

"일단은 저 문을 닫아야 해. 놈들이 언제 들이닥칠지 모르니까."

"들어온다고요?"

"생각 좀 해라. 저놈들이 이곳으로 들어오자마자 바로 죽는다면, 그런 걱정은 하지 않아도 되겠지. 그런데 적어도 5분은 살아 있었어. 너도 방금 봤잖아? 한 마리였으니까 다행이었지 떼거지로 들어오면 그때는 어떡할 거야?"

듣고 있던 정은이 사색이 되어 외쳤다.

"말도 안 돼요. 저놈들도 이곳으로 들어오면 죽는 걸 알잖아요!"

"저것들은 그런 생각 안 할걸? 죽든 말든 우리만 끌고 나가면 그만이지."

"내, 내게 좋은 생각이 있어."

갑자기 형사가 선국의 말을 잘랐다.

"내게 문을 닫게 할 좋은 방법이 있어. 성식 씨랑 선국이 둘이 그 시체가 막고 있는 문 쪽으로 날 좀 부축해줘. 거기 있는 소화기도 들고 오고. 저거 작동은 하지?"

"아서라. 괜히 저승길 재촉하지 말고!"

"시간이 없어. 저놈들이 언제 다시 들어올지 모른다고!"

성식과 선국이 형사를 부축하자 다시 고통에 겨운 신음을 내뱉었다. 무슨 방법이 떠올랐는지는 모르지만, 지푸라기라도 잡고 싶은 심정이었다. 그래도 경찰이니까 실낱같은 희망을 걸어보기로 했다. 그렇게 형사를 부축해 앉히자, 그가 성식과 선국에게 저만치 떨어지라고 손을 내저었다. 영문을 몰랐지만 성식은 시키는 대로 뒤로 물러섰다.

선국이 어두운 표정으로 성식 곁에 서서 형사를 지켜봤다. 성식이 가져온 소화기를 어디에 두냐고 묻자 형사가 가까운 곳을 가리켰다. 문틈에 걸쳐진 긴 머리 여성의 시체가 리듬에 맞춰 흔들거렸다. 가만히 지켜보던 형사가 말했다. 목소리는 매우 낮게 깔렸고 왠지 모를 자조가 섞여 있었다.

"나도 한때는 막살았어. 철없을 때 개망나니였는데……. 그래도 이런 나를 항상 챙긴 분이 한 명 있었어. 그분도 경찰이었는데 날 가족으로 받아주셨어. 처음엔 반항도 많이 했었는데 결국엔 따르게 되더라고, 아버지처럼……. 그런데 생각해보니까 나처럼 가족도 없고 친부모도 없는 고아를 뭘 믿고 도와줬는지 모르겠어, 개망나니 같은 나를……. 그래서 내가 바뀐 거야. 아버지 덕분에……."

형사의 말이 심상치가 않았다. 성식이 고개를 돌려 선국을 쳐다보니 그의 표정도 점점 굳어가는 게 보였다.

"모든 게 우스워. 여기 있는 선국이라는 놈, 유명한 조직의 행동 대장에, 밖에서 보스 애인이랑 바람나 도망간 조직원을 죽이고 토막 내어 묻은 끔찍한 살인범인데도 날 구했어. 그건 저놈도 인간이라는 얘기야. 나는 전부터 사람은 선하다고 생각했어. 환경이 악하게 만드는 거라는 걸. 아까 이야기했던 것처럼 이곳이 현실 공간이 아니라면, 같은 공간에 속한 사람끼리 더 뭉쳐야겠지. 인간은 모두 선하니까. 그리고 함께하면 강해지니까. 안 그래? 황선국, 너 인마! 너도 나처럼 변할 수 있다고……."

"지금 무슨 소리를……."

선국이 형사에게 소리치자 그가 씩 미소 지었다. 한 번도 웃지 않던 그였지만, 그 순간은 너무도 환하게 웃고 있었다.

"다, 다들 만나서 반가웠어. 끝까지 살아남아라……."

형사가 씩 웃었다. 번개같이, 문을 막고 있던 시체와 함께 형사가 자신의 몸을 문밖으로 날렸다. 순식간에 벌어진 일이라 모두가 미동조차 하지 못했다. 정은이 지르는 비명에 그제야 정신을 차리고 문으로 다가가려 하자, 형사가 소리 질렀다.

"오지 마! 문을 가로막던 시체가 없으니 이제 닫힐 거야! 시야를 가려! 소화기를 있는 대로 뿜어! 빨리! 그것들을 향해 뿜으라고!"

"끼끼끼끼이이이이"

"덤벼봐! 난…… 대한민국 경찰이라고! 덤비라고, 이 괴물들아!"

몰려드는 그것들에게 형사가 고함을 질렀다. 괴이한 소리를 내지르며 그것들이 형사의 팔과 다리를 잡았다. 형사가 미친 듯이 모두에게 외쳤다.

"괜찮아, 난 어차피 죽을 거였어. 너희는 살아남으라고!"

형사가 마지막 힘을 다해 악을 써댔다. 어찌해야 할지 모르는 성식을 제치고, 선국이 소화기를 들어 문밖으로 뿌렸다. 하얀 분말이 그것들과 형사의 몸을 가득 덮기 시작했다.

—출입문 닫습니다.

갑자기 문이 닫히기 시작했다. 정적만 감돌던 안내 방송도 흘러나왔다. 정은이 저만치서 울음 섞인 비명을 질렀고, 성식 역시 눈에 눈물이 맺히는 게 느껴졌다. 형사가 큰 소리로 웃었지만, 얼굴은 이미 눈물범벅이었다. 끝까지 비명을 지르지 않고 숨을 몰아쉬던 형사가, 마지막으로 선국과 눈을 마주쳤다.

"나는 괜찮으니까……. 저 사람들은 일반인이니 잘 부……."

말을 채 끝내기도 전에, 형사의 사지가 찢겨 나갔다.

치익.

열차의 문이 닫히고, 지하철이 서서히 운행하기 시작했다. 충격에 성식이 주저앉자, 선국이 옆에 털썩 주저앉으며 조용히 중얼거렸다.

"형사 놈이 그랬지. 나, 나한테 부탁한다고……. 나한테?"

총을 만지작거리는 선국의 눈빛은 공허했다. 형사는 죽었다. 비록 짧은 시간이지만 대화하고, 행동을 같이했던 이가 죽는 것을 눈앞에서 지켜본 충격에 두 사람은 넋이 나간 것처럼 보였다. 실제로 죽었다는 현실이 느껴지자, 잠깐 겉돌던 공포가 다시 현실로 다가왔다.

"이제 어쩌죠……."

성식이 선국에게 질문한 거라기보다는, 일종의 자포자기한 말투였다.

"내가 뭐라도 된다고 부탁을 하냐."

여전히 중얼거리던 선국이 천천히 자리에서 일어섰다.

"어이, 아가씨. 괜찮아?"

성식이 정은을 찾아 고개를 돌렸다.

"정은 씨, 괜찮아요?"

정은의 몸이 통로 바깥으로 나와 있었다.

"나, 나왔어요."

정은이 믿기지 않는 목소리로 중얼거렸다.

"갑자기 문이 열렸어요. 지하철이 움직이자마자."

"이럴 수가."

이번에는 선국의 목소리였다.

"밖을 한번 봐봐."

모두가 달리는 지하철의 창을 통해 바깥의 풍경을 바라보았다. 휙휙 지나가는 영상 같았다. 영화의 한 장면처럼, 고속으로 달리는 지하철 바깥으로 처음 보는 풍경이 스쳐 지나갔다. 나무도 보이고, 건물도 보였다. 하지만 우리가 흔히 알던 풍경이 아니었다. 그건 우리와는 다른 시대였다. 터널을 질주해야 할 지하철은 시간과 공간을 가로질러 날고 있는 듯 보였다. 광활한 하늘이 보이다가, 사방이 붉게 물들어갔다. 풍경은 온통 핏빛으로 도배되고 있었다.

투둑투둑.

핏방울이 창문에 부딪치는 게 보였다. 그것은, 처음 보는 풍경이었다. 지옥이 있다면 아마도, 이런 풍경일 것이다.

선국이 중얼거렸다.

"믿을 수가 없어. 이 지하철……."

"공간의 경계를 가로지르는 걸까요? 그 가설이 맞는다면."

"왜 갑자기 이런 풍경이 나타나는 거지? 아까까지는 똑같은 지하 통로였잖아. 밖의 그것들은 사라진 건가?"

선국이 경계심을 풀지 않고 말했다. 성식의 머릿속에 뭔가가 떠올랐다. 예상대로라면, 혹시 모두가 살아나갈 수 있다는 의미도 되었다. 성식이 조심스럽게 말을 꺼냈다.

"다시 돌아가고 있는 건 아닐까요?"

"뭐라고?"

"정은 씨도 통로에 갇혀 있다가 나왔잖아요! 우리 세계의 공간으로 돌아가고 있는 거 아닐까요?"

선국이 생각에 잠긴 듯 고개를 끄덕였다.

"확실히 여기는 너무 낡았어. 이상하지 않아? 2호선 지하철 통로들은 다 뚫려 있는데 예전처럼 객실 사이를 막는 문이 있던 것도 그렇고, 만약 그 문이 공간의 경계라는 의도가 있어 존재하는 거라면 지금 열린 것도 다른 뭔가가 풀린 거야."

─치직, 치지직.

갑자기 잡음이 심하게 들렸다. 안내 방송이 뭔가에 끊긴 것처럼, 라디오 주파수를 맞추듯 소리가 오르락내리락하고 있었다. 성식, 선국, 정은 셋 모두 천장에 달린 스피커를 올려다보았다. 그리고 귀를 기울였다.

─이번 역은 이대역입니다.

창문 밖 풍경이 사라지고 지하철을 타려고 기다리는 수많은 사람이 보이기 시작했다. 순식간에 벌어진 일이었다. 화면이 전환되듯, 잠깐 번쩍이니 바깥은 원래의 지하철역으로 돌아와 있었다.

"이대역! 내가 원래 내리려 했던 역이 이대예요!"

성식이 기쁨에 겨워 소리를 질렀다.

"우아! 우린 살았어!"

'돌아온 거야. 다시 현실로!'

분명 성식 말고도 모두 같은 생각을 할 터였다. 정은의 표정이 확 밝아졌다.

―내리실 문은 왼쪽입니다.

사람들이 지하철에 타려고 몰려오는 게 보였다. 정은이 환호성을 지르며 성식의 팔을 당겼다.

"우아! 어서 내리자고요!"

그러나 선국의 표정은 심상치 않았다.

"아가씨! 건너 통로 문 열어봐. 빨리!"

"네?"

"돌아왔다면 통로 문이 열리고 다른 칸으로 옮겨 갈 수 있잖아! 뭔가 이상하지 않아? 봐봐! 왜 저쪽 칸 사람들의 반응이 없지? 이곳이 이렇게 텅 빈 곳이라면, 우리가 건너오려 했던 이유처럼 그들도 건너와야 될 거 아냐. 나도 지금에야 눈치챘는데, 건너편 사람들은 여전히 우리를 못 보고 있어!"

"뭐라고요?"

성식이 황급히 통로 건너편 객실을 쳐다보았다. 달리는 지하철 안에 빼곡히 서 있는 사람들. 그들은 여전히 그 상태 그대로 지하철에 있었다.

"그럼 바깥의 저 사람들은…… 뭡니까?"

"이런 엿 같은!"

선국이 총을 꺼내 들었다. 지하철이 서서히 서행을 시작했다. 정은이 다급히 통로 문손잡이를 돌려봤으나 꿈쩍도 하지 않았다. 밝았던 정은의 표정이 다시 빠르게 굳어졌다.

"다시 안 열려요!"

"뭐, 뭐 어쩌란 거야? 지금 우릴 가지고 노는 거야?"

기가 막힌다는 말투로 선국이 중얼댔다. 정은이 곁에 다가와 성식의 팔을 꾹 붙잡았다. 조금 있으면 멈춰 선 지하철의 문이 열릴 것이다. 그리고 저 밖의 존재들이 안으로 들어설 것이다. 성식은 차라리 아까 그것들이 더 나았다고 생각했다. 그것은 최소한 안에 들어서지는 못했다. 하지만 밖에 있는 저 존재는, 사람의 모습을 한 저 존재는 뭐란 말인가. 정체를 알 수 없었다.

"진정해. 최악이면 이 총으로……."

선국이 잠시 말을 멈췄다.

"무슨 말인지 알겠지."

어떤 의도로 말을 했는지 성식은 바로 짐작했다. 성식의 팔을 붙잡고 있는 정은의 손에 힘이 들어갔다. 이제 더는 버티기 힘들었다.

"문은 모두 네 군데야. 다 막진 못하니 각오 단단히 해."

치익.

스크린 도어가 열리고 지하철 출입구도 열렸다. 사람들이 몰려들었다. 하나같이 지하철을 타려고 발을 들였다. 우글거리는 인파가 파도치듯 출렁였다. 그러나 그들은 안에 들어서지 못했다. 아니, 분명 타기는 했지만 이곳이 아닌 다른 지하철이었다. 문으로 들어서는 모습까지만 보일 뿐, 눈이 녹아내리듯 모습이 투명해지며 사라졌다. 이곳이 그들에게는 보이지 않는 듯했다. 그랬다. 이 지하철 내부는 여전히 공간의 경계를 가로지르고 있었다.

선국이 총을 다시 집어넣었다.

"뭔지 모르겠지만 그나마 다행이네."

한숨을 쉬며 성식이 말했다. 정은의 손에 힘이 풀리는 게 느껴졌다.

"괴물은 아니군요."

정은도 긴장이 풀렸는지 맥없이 축 늘어졌다. 좌석에 걸터

앉은 정은이 머리를 부여잡고 중얼거렸다.

"이해가 안 가요. 다행이긴 하지만, 아까 밖의 그 머리들은 우리를 보고 잡고 찢기까지 했는데…… 이 사람 같은 형상들은 우리의 존재 자체도 모르네요."

"그냥 제 생각인데요."

성식은 언뜻 알 것 같았다.

"이곳이 어느 한 공간에 모습을 '나타낸다면' 그 공간과 병합되는 거고, 그 공간과 이 공간의 경계에 '걸치는 거라면' 보이지도 않고 병합되지도 않겠죠."

"이해가 잘 안 가요."

"아까 그것들이 존재하던 공간에 이 지하철이 들어섰던 건 맞지만, 지금 이 공간에는 우리가 들어선 게 아니에요. 그냥 원래 칸에 겹친 거죠."

"그럼 방송은 뭐였고, 문은 왜 열린 걸까요?"

"아마, 다른 의도가 있을 겁니다."

"어쨌든 살았으니 된 거야. 거기 아가씨도 나왔잖아."

선국이 피식 웃었다. 다시 지하철이 서서히 운행하기 시작했다. 모처럼 잠깐의 여유가 찾아왔다. 벽에 등을 기댄 채 선국이 조용히 말을 꺼냈다.

"나는 범죄자야."

"잘 알죠."

성식이 답하자 정은이 슬쩍 물었다.

"정말 나쁜 사람 맞아요? 머리도 엄청 좋으신 것 같고."

"아니, 나는 나쁜 놈이야. 원래라면 형씨나 아가씨는 나랑 이렇게 대화도 못 하지. 무서워 눈도 못 붙일 테고."

"그렇겠죠."

"그런데 웃기지 않아? 내가 진짜 싫어하는 게 짐이야. 나는 나만 생각하는 인간이라고. 그런 내가 아까 형사를 구하려 했어. 밖에서 잡혔을 때는 죽여버리고 싶을 정도로 미웠는데 이곳에서는 구하려 했어, 형사도 우리를 위해서 희생하고. 난 이 상황이 말도 안 되게 웃기다고. 나한테 당신들 지켜달라는 유언부터 인간은 원래 선하다는 말까지…… 악한 게 아니라며."

선국의 말은 의미심장했다. 인간은 원래 악한 존재일까.

"아까 김 형사가 마지막으로 한 말이 내 머리를 때렸다고, 인간이 위대한 건가? 그렇겠지? 나도 당신도 아가씨도 다 각각 그런 존재야. 알지도 못하는 그런 것들에게 죽을 운명이 아니란 거지. 모든 상황을 대입해보면 말이야."

성식은 가만히 선국을 바라봤다. 정은도 마찬가지였다. 선국은 혼란스러워했다. 선국이 한 말을 알 것 같았다. 짧은 시간이나마 생사를 오가는 동안, 성식은 그동안 잊고 살았던 삶과 자신의 존재에 대해 깨우칠 수 있었다. 인간 하나하나가 얼마나 소중한 존재인지.

철컹.

그때, 문소리가 들렸다. 통로 문이었다.

소리와 함께, 문이 열리고 사람들이 우르르 이곳에 들어서기 시작했다.

"자리 많네."

"왜 이렇게 사람이 없지?"

"진작 여기로 올걸."

각자 떠들며 사람들이 몰려왔다. 중년 사내, 아주머니, 청년 등 가지각색의 사람들이었다. 그들이 빈자리를 찾아 앉고 있었다. 금세 자리가 사람들로 꽉 찼다. 지켜보던 성식이 자기도 모르게 정은의 손을 꼭 붙잡았다. 고개를 돌리자마자 정은과 눈이 마주쳤다.

'이번에야말로, 정말 이번에야말로.'

"어, 어이. 나 보여?"

선국이 흥분한 듯 말을 더듬거렸다. 사람들이 그런 선국을 보며 웅성거렸다. 이번만큼은 그도 흥분을 가라앉히지 못하는 듯했다. 성식은 몇몇 사람들이 그런 선국을 이상한 눈초리로 쳐다보는 것을 보았다. 선국이 그들에게도 보이는 것이 분명했다. 선국이 성식과 정은을 쳐다봤다.

"돌아온 거 같은데?"

"그, 그런 것 같아요……."

살았다는 안도감. 그 느낌은 이루 말할 수가 없었다. 몇 번이고 의심해 보려 해도 지금 탄 사람들은 진짜였다. 그들은 우리를 보고 느끼고 만질 수 있었다. 우리 공간의 사람들인 것이다. 정은이 기쁨에 겨웠는지 갑자기 울음을 터뜨렸다. 선국이 아직도 믿지 못하겠다는 듯 중얼댔다.

"이거…… 정말 돌아온 거 맞지?"

성식은 대답 없이 고개를 끄덕였다. 사람들은 그런 세 사람을 이상하게 쳐다보았다. 하지만 지금 이 순간, 그런 사람들의 존재가 지금 얼마나 소중한지 세 사람만 이해하고 있었다. 정은이 눈물을 훔치더니 성식 곁에 바싹 붙었다. 정은이 성식의 귀에 대고 속삭였다.

"열차가 다음 역에 서면 무조건 내려요. 그리고 배고파 죽겠으니 밥도 좀 사고요."

"네, 당연히 사야죠……."

성식이 실없이 웃자 선국도 따라 웃었다. 셋은 동시에 웃음보를 터뜨렸다. 그렇게 싫었던 북적이는 인파가 지금만큼은 구세주같이 보였다. 성식이 웃으며 정은에게 물었다.

"도착하면 뭐 먹고 싶은데요?"

"아무거나요. 아, 떡볶이!"

"떡볶이요? 왜요, 더 맛있는 것도 사줄게요."

― 이번 역은 홍대입구입니다.

안내 방송이 나왔다. 악마의 속삭임 같은 말이 끊기며 목소리가 나오지 않았다. 잘못 들었나 싶어 성식이 바로 선국을 쳐다보았다. 그의 표정은 구겨진 백짓장 같았다.

"홍대? 뭔 홍대? 아까 지나쳤잖아."

"방송이 잘못된 거 아니야?"

"왜 홍대야?"

"잘못 들은 거 아니야?"

사람들이 웅성거렸다. 그들도 전부 들은 것 같았다. 방송은 틀리지 않았다. 세 사람이 돌아온 것이 아니라, 저 수많은 사람들이 이곳으로 온 것이었다.

"난, 난 정말 우리가……."

정은이 말을 잇지 못했다. 넋이 나간 듯 정은이 중얼거렸다.

"이러면 또…… 그것들이……."

사람들이 서둘러 내리려고 문 곁에 다가갔다. 성식이 창밖을 살폈다. 붉은 안광이 조금씩 보이기 시작했다. 잠시 후면 지하철은 정차하고 문은 열릴 테지만, 밖에서 기다리는 그것들의 존재를 사람들은 모르고 있었다.

"아, 안 돼."

성식이 중얼거렸다. 선국도 마찬가지였다. 정은도 다부진 표정을 지었다. 셋은 말없이 서로의 눈만 쳐다보았다. 이야기하지 않아도 알 수 있었다. 무엇을 해야 하는지를.

"잠깐만요! 내리시면 안 됩니다!"

성식의 외침이 쩌렁쩌렁하게 울렸다. 굉장한 울림에 대부분 성식을 쳐다보았고, 성식은 목에 핏대가 서라 계속 소리를 질렀다.

"내리시면 안 됩니다! 모두 문에서 떨어지세요!"

"지금 뭐라는 거야?"

"거, 당신이 뭔데! 이래라저래라야!"

몇몇이 투덜대자 이번에는 선국이 외쳤다.

"내 말 들어! 내리면 나한테 먼저 죽는다!

어느새 총을 꺼내 든 선국이 허공에 휘둘러 보이자 사람들의 반응이 달라졌다. 커다란 덩치에 흉악하게 생긴 선국은 확실히 위압감이 있었다. 누군가는 비명을 질렀고, 선국을 피해 멀찌감치 떨어지는 이들도 보였다. 선국의 고함이 지하철 내에 울려 퍼졌다.

"죽기 싫으면 내리지 말아! 문 곁에 가지도 말라고! 장난치는 거 아니야!"

"문에서 어서 떨어지세요. 근처에 있으면 안 돼요!"

정은도 선국을 도와 악을 질렀다. 성식과 선국과 정은의 외침에, 사람들은 영문도 모른 채 웅성거리기만 했다.

"모두 문 곁에서 떨어져요!"

— 내리실 문은…….

"문에 가까이 붙으면 안 됩니다!"

— 왼쪽입니다.

얼핏 창가에 붉은 게 스쳐 지나갔다. 그것들이 기다리고 있는 홍대입구에, 열차가 다시 도착한 것이었다.

"모두 문에서 떨어지세요! 제 말, 꼭 들으셔야 합니다!"

성식이 소화기를 들은 채 소리쳤다. 선국이 슬그머니 성식 곁에 붙어 문을 향해 총을 겨누었고, 정은도 둘의 곁에 다가와 굳은 표정으로 섰다. 사람들은 아직도 무슨 상황인지를 몰라 어리둥절한 표정이었다. 그러나 이제 곧 알 수 있을 터였다. 지하철 문이 열리면.

"끼끼끼끼이이이이."

기괴한 소리가 밖에서 새어 들어왔다. 이상한 낌새를 눈치 챈 몇 사람은 재빨리 문에서 떨어졌다. 선국이 중얼거렸다. 하지만 표정은 비장했다.

"염병할, 그래도 내가 의리 하나는 있지. 약속은 약속이니까. 일반인들 '지켜달라' 그랬잖아. 더럽게도 사람들이 겁나 많아졌지만."

정은이 성식 옆에서 팔을 꼭 붙잡았다. 성식이 그런 정은을 보며 고개를 끄덕였다. 이들 중에는, 처음 성식을 습격했던 이처럼 공포에 질려 미쳐가는 이도 있을 테고, 말을 듣지 않고 문가에서 잡혀 찢겨 죽임당하는 이도 있을 것이다. 조금 후면 아수라장이 될 테고, 지옥도가 될 테고, 남은 이들도 공황에 빠지거나 겁에 질려 당황할 것이다.

그러나 성식은 희망을 잃고 싶지 않았다. 그들이 밖에서 무얼 했든지 간에, 이곳에서 우리는 각자를 걱정하며 생존을 위해 힘을 모으는 동료가 될 수도 있다. 이곳이 어디인지는 아무도 모르고 왜 이곳에 우리가 들어섰는지도 알지 못하지만, 지금 중요한 건 살아남는 것이다. 다시 돌아갈 때까지. 아까와는 상황이 달라졌다.

'그래, 지금은 아까와는 달라. 어디 한번 해보자.'

성식은 주문을 외우듯 형사의 말을 기억하며 나지막이 중얼거렸다.

"인간은 선하다. 인간은 위대하다."

치익.

문이 열렸다. 그리고 문에 가까이 붙어 있던 사람들이 순식간에 밖으로 끌려 나갔다.

"꺄아악!"

"으아악!"

"뭐야, 이거! 으악!"

피가 사방에 튀었다. 그것들이 있는 곳으로 다시 돌아왔다.

귀(鬼)

202X년 12월 22일

기철이 뚱한 얼굴로 검은 정장을 입은 여자를 쳐다보았다. 대뜸 고서적을 보여달라는 말에 이준이 경계하며 그녀에게 말했다.

"태도가 강경하시네요."

"제가 할 일이 이거니까요."

"성한당의 당주치고는 너무 어린데요. 그 나이에 협회 본부장까지 하신다면······."

"맞아요. 그만큼 제가 실력이 있다는 거죠."

여자가 품에서 명함을 꺼내 이준에게 건넸다. 명함을 받아 확인한 이준의 두 눈이 커졌다.

한소희. 이름을 들어본 적이 있다.

이준이 소희의 얼굴을 보며 물었다.

"제가 들어본 이름이 맞는다면 아직 여고생일 텐데……."

"나이는 성인이에요. 졸업만 못 한 거지."

소희가 대수롭지 않다는 말투로 답했다. 기철이 이준의 행동을 보며 말을 꺼냈다.

"유명해?"

"거물이야."

"오, 거물급 여고생 무당이라."

소희가 눈살을 찌푸리며 기철을 쳐다봤다. 기철이 어깨를 으쓱하며 입꼬리를 올렸다.

"아, 미안. 무속인."

"본론으로 들어가죠."

소희가 근처에 있는 소파에 앉았다. 탁자를 두드리며 소희가 이준을 쳐다봤다. 이준이 품에서 붉은 천 꾸러미를 꺼냈다. 천을 펼치자 고서적이 모습을 드러냈다. 소희가 고서적을 노려보며 입을 열었다.

"할멈을 찾아갔다면 이미 구전을 들었겠죠?"

"네, 소환 의식에 대한 구전."

"구전 속 귀의 소환을 막은 무속인이 바로 제 선조입니다."

소희가 고서적에 손을 갖다 댔다. 뭔가를 느끼려는 듯 소희가 눈을 감았다. 눈을 감은 채로 소희가 계속 말을 이어갔다.

"원래 귀는 우리나라에 있으면 안 되는 존재입니다. 하지만 어떤 이유인지 우리나라에 건너왔죠. 그래서 지키기 위해 성한당을 만든 겁니다, 귀에게서."

"백 년 가까이 됐군요."

"아니요. 더 됐습니다. 수백 년이지요. 가문 대대로 신내림을 받아왔으며 수백 년간 이어진 혈통입니다. 단지 그 귀의 존재를 알게 된 이후 '성한당'이 생긴 것뿐. 성한당의 당주는 우리 가문의 혈통으로 정합니다. 현재는 제가 그 혈통이고요."

눈을 뜬 소희가 고서적을 천천히 펼쳤다. 총 셋의 낱장 중에, 봉인이 풀린 첫 번째와 두 번째를 확인한 후 이준에게 물었다.

"의뢰는 아마도 적힌 글의 독음이겠죠?"

"맞습니다."

이준이 고개를 끄덕이며 답했다.

"정확히는 고서적의 '두 번째 장에 적힌 내용의 독음이 뭔지'를 확인해달라는 겁니다."

"의뢰한 이들의 목적은 귀의 소환입니다."

소희가 차가운 목소리로 말했다. 이해가 가지 않는다는 이준이 소희에게 물었다.

"그럼 왜 하필 저일까요?"

"당신도 유명하잖아요. 무속인도 아니면서 귀신같은 '감'을 가진 탐정."

이준이 큭 웃었다. 소희가 고서적을 만지며 말을 이었다.

"협회는 당신을 계속 주시하고 있었습니다. 그런데 하필이면 복귀한 것이 이 고서적과 연관이 된 거죠. 이해가 잘 가지 않겠지만 이 모든 것은 운명입니다. 고서적이 당신을 찾은 겁니다."

"왠지 기분이 나쁘네요."

소희가 다시 눈을 감았다. 뭔가를 떠올리는 듯 머리가 살짝 흔들렸다. 소희가 미간에 손을 올린 뒤 집중했다. 소희의 입이 다시 열렸다.

"성한당이 협회에 가입한 이유는 이 고서적을 조사하기 위함이었습니다. 귀의 소환을 막는 것이 우리 가문의 운명이니까요. 귀를 소환하려는 집단이 존재합니다. 협회의 정보력으로도 찾기가 힘들었죠. 그러다가 단서를 이십 년 전의 일로 겨우 찾아냈습니다."

"아, 그럼 그 구전을 확인하러 간 이가 바로……."

"사교 집단에서 성한당에 찾아왔던 겁니다."

"우연의 일치일까요?"

"아니요. 이것 역시 운명입니다."

"그들이 어떻게든 귀를 소환하려 정보를 찾은 곳이, 어떻게든 귀의 소환을 막으려는 성한당이라니."

"다행히 그들은 우리의 목적을 눈치채지 못했습니다."

눈을 뜬 소희가 이준의 두 눈을 똑바로 쳐다보며 말했다.

"고서적이라는 단서를 알게 된 겁니다. 귀의 소환을 위해서 필요한 게 뭔지를."

"그 귀라는 게 도대체 뭡니까?"

"알면 안 되는 존재, 그리고 절대 나오면 안 되는 존재. 귀가 소환되면 하늘이 무너지고 땅이 갈라져 모든 것이 피로 물들 것이야."

소희의 목소리가 갈라졌다. 소희의 동공이 흔들렸다.

"글귀를 읽어라. 처음은 제단이라. 둘은 제물이라. 셋은 소환이라 알 필요 없다. 알 필요 없다! 단지 읽으면 된다! 알 필요 없다!"

소희가 몸을 바들거리며 떨기 시작했다. 심상치 않음을 느낀 이준이 소희의 손을 잡았다.

"저기요! 괜찮아요?"

"알 필요 없어! 알 필요 없……."

소희의 눈빛이 다시 돌아왔다. 서둘러 고서적에서 손을 뗀 소희가 깊은 숨을 내쉬었다. 기철이 놀란 얼굴로 소희를 쳐다 보았다. 소희가 낮은 목소리로 말했다.

"하마터면 고서적에게 넘어갈 뻔했어요……."

"어딜 넘어가요?"

"저는 현실과 비현실의 경계에 걸칠 수 있습니다."

소희가 한숨을 내쉬었다.

"저도 막상 고서적을 실물로 보고 만지고 느낀 건 처음인지라…… 대비해야겠어요."

"제단이고, 제물이고 이건 무슨 말입니까?"

"말 그대로예요. 이 세 낱장이 각각 뜻하는 목적. 지금 봉인이 두 개 풀려 있죠?"

소희의 말에 이준이 펼쳐진 고서적을 바라봤다.

"두 번째 낱장의 독음을 의뢰했다는 건, 첫 번째는 이미 성 공했다는 겁니다. 즉, 제단은 생성되었다."

"제단……."

"제단이 만들어졌으면 제물이 필요하죠. 두 번째는 그 제물 을 바치는 겁니다."

이준의 표정이 굳어졌다. 듣고 있던 기철이 끼어들었다.

"아니, 그러면 이미 제단이 완성됐고 제물을 바치는 단계라는 거야? 그 제물은 뭔데?"

"선택받은 존재들."

소희가 덤덤하게 말했다.

"근본의 제물요."

"근본?"

"원래 바쳤어야 할 근본. 아무래도 생존한 이들의 혈통이겠죠. 그 수가 몇인지는 알 수 없습니다만 핏줄이 계속 이어져 내려왔기에 후손은 꽤 많을 겁니다."

기철이 다시 소희에게 물었다.

"그러면 내 친구를 습격한 건 뭐지? 북성파에서 습격했다고. 북성파면 전국구 조직이야. 그들도 그 사교 집단이랑 한패인가?"

"아니요, 그들은 다릅니다. 귀의 소환이 아닌 이 고서적의 가치만 보는 이들. 아마도 해외와 연관되어 있을 겁니다. 협회에서도 계속 조사하고 있지만……."

기철이 생각에 잠겼다. 이준 역시 마찬가지였다. 이준이 소희를 보며 물었다.

"그럼 이 고서적을 파기하면……."

"안 됩니다. 이미 첫 번째 주문이 성공해서 제단과 제물이 모였을 겁니다. 제물을 모두 희생할 수는 없어요."

"제단의 위치는요? 제물이라면 혹시 사람들입니까?"

"그건 저도 모릅니다. 그래서 들어가보려고 해요."

소희가 고서적을 가리키며 말했다.

"저 공간으로요."

"고, 공간이요?"

"말씀드렸다시피 저는 경계에 걸칠 수 있는 능력자입니다."

"들어가면 뭘 어떻게 하려고요."

"일단 고서적과 귀에 대한 정보를 자세히 알아야 합니다. 그래야 대응할 수 있으니까요."

기철이 갑자기 대화에 끼어들었다.

"문득 떠오른 생각인데…… 그 사교 집단? 걔들이랑 북성파 쪽이랑은 한패가 아니라고 했지?"

"맞습니다."

"그러면 걔들끼리 치고받으면 어떻게 됩니까?"

이준과 소희가 기철을 쳐다봤다. 기철이 씩 웃으며 입꼬리를 올렸다.

"아니, 그 뭐냐. 적으로 적을 치는 계략. 이이제이?"

"이이제이……."

"소싯적에 『삼국지』 좀 읽었거든."

흥미롭다는 표정으로 소희가 기철을 바라봤다. 기철이 그런 소희를 보며 다시 말을 이었다.

"독음 의뢰를 성공한 척, 그 사교 집단에 접근하면서 북성파 놈들이라는 독을 푸는 거지. 괜찮지 않아?"

"위험한 생각입니다."

"뭐라도 해야지. 어차피 두 집단에 쫓길 바에야 서로 붙여 버려. 그 참에 우리는 우리대로 소환을 막는 거고."

소희가 잠깐 기철을 보다가, 다시 이준에게 시선을 돌리며 물었다.

"정말 이 사람 믿어도 되는 거죠?"

"제 절친이니까요."

"저 사람 때문에 명성 다 날리고 은퇴할 뻔했잖아요."

소희의 말에 이준이 움찔했다. 기철도 마찬가지였다. 이준이 조심스레 물었다.

"이거 협회도 다 압니까?"

"협회는 모릅니다. 저만 알고 있어요. 가짜로 유물을 속여 팔다가 걸려서 죽을 뻔한 사람. 전직 조직폭력배 '정기철'. 그를 구하기 위해 진품이라고 보증한 명성이 자자한 오컬트 전문가 이준 씨. 당신을 조사하다가 과거를 확인했습니다. 물론 저는 입이 무거운 편입니다."

소희의 말이 맞았다. 십 년 전 기철을 살리기 위해 이준은 거짓말했다. 그리고 모든 게 허무해졌다. 친구는 살렸으나 이준의 공허한 마음은 돌아오지 않았다. 그렇게 십 년을 보냈다. 기철이 목소리를 높였다.

"그래서 내가 죽을 때까지 은혜를 갚는 거야."

"뒤통수치지는 않겠죠?"

소희의 말에 발끈한 기철을 말리며, 이준이 씩 웃었다.

"그럴 리는 없습니다. 제가 보장합니다."

"그 감이요?"

"네, 제 감을 걸죠."

이준의 말에 소희가 살짝 미소를 지었다. 처음으로 보이는 미소였다.

"믿어볼게요."

기철이 한숨을 내쉬었다. 소희가 상의를 풀어 벗었다. 안에는 한복을 입고 있는 상태였다.

"문을 잠그세요. 이제 아무도 이곳에 들이면 안 됩니다."

기철이 사무실 문으로 이동한 사이 소희가 소파에 누웠다.

"고서적을 제 가슴 위에 올려주세요."

"바로 시작하는 겁니까?"

"시간이 없어요. 얼마나 걸릴지 모르니."

이준이 말없이 고서적을 들어 소희의 몸 위에 올렸다. 소희가 양손으로 고서적을 붙잡은 채 가만히 눈을 감았다. 기철이 돌아와서 그 광경을 보고 뭐라 물어보려 했지만, 이준이 조용히 하라는 손짓을 보냈다. 소희가 마지막으로 말했다.

"지금부터 고서적의 공간에 들어가겠습니다."

＊

촤아아아.

소희가 눈을 떴다. 주위를 둘러보니 바닷가였다. 모래가 밟히는 게 느껴졌다. 아무것도 없이 단지 파도만 출렁였다. 소희가 천천히 걸음을 옮겼다. 지금 소희가 있는 이곳은 고서적의 공간이었다. 주위를 살피며 걷는 동안, 기분 나쁜 느낌이 들기 시작했다. 하늘이 점점 어두워지고, 공기가 차가워졌다. 한 걸음 한 걸음 걸을 때마다 느껴지는 불쾌감이 점점 심해졌다.

그렇게 걷는 사이, 앞에 누군가의 뒷모습이 보였다. 바닥에 주저앉은 여인이 있었다. 소희가 조심스럽게 여인에게 다가갔다. 여인의 주변 바닥은 온통 붉게 물들어 있었다. 다가가면 다가갈수록, 불쾌감은 더욱 심해졌다. 소희가 이를 악물며 참고 여인의 바로 등 뒤에 섰다.

"거부할 수 없었다."

소희가 서자마자 여인의 입에서 목소리가 흘러나왔다. 귀로 듣지 않아도 마음에 울리는 깊고 공허한 목소리였다. 소희가 물었다.

"당신은 누구십니까?"

"거부할 수 없었다."

"무엇을 거부할 수 없었습니까?"

여인이 천천히 몸을 돌려 앉았다. 한 손에는 바늘을 들고 있었고, 한 손에는 피에 젖은 가죽을 들고 있었다. 소희가 놀라 뒷걸음질 쳤다. 여인의 두 눈은 피눈물을 흘리고 있었는데, 흰자위 없이 온통 검었다. 여인의 입이 벌어지자, 피가 주르륵 흘러내렸다. 또 그 목소리가 들렸다.

"내가 부른 게 아니라 그것이 나를 불렀다."

"그것이라면…… '귀'입니까?"

소희의 말에 여인이 고개를 들었다. 그리고 바늘과 가죽을 내려놓았다. 여인이 양팔을 들더니 소희에게 오라고 손짓했다. 소희가 다가가자 여인이 가만히 소희의 손을 잡았다.

"궁금한 거냐?"

"궁금합니다."

"그러면 너도 보거라."

순간, 여인이 소희를 확하고 잡아당겼다.

"귀를."

*

수백 년 전.

여인은 행복했다. 여인을 사랑해주는 남편이 있고 아직 어리지만 둘을 잘 따르는 아들도 있었다. 여인은 정말 행복했다. 바닷가 근처에 거처를 구해 남편이 잡아온 물고기를 팔아 생계를 꾸렸다. 그러던 어느 날이었다. 여인은 평소처럼 남편이 바다에 나간 사이 해안가에 널린 조개를 주우러 부지런히 돌아다녔다. 그리고 보았다. 해안가에 반파된 작은 배와 그 곁에 쓰러져 있는 사내를.

여인은 심성이 착하고 고운 이였다. 그대로 내버려둘 수는 없었다. 아직 사내가 숨이 붙어 있는 걸 확인한 뒤 부랴부랴 물을 갖다주며 의식을 찾게끔 도왔다. 여인의 고운 심성에 하늘이 도운 것일까. 사내가 정신을 차렸다. 깨어난 사내를 부축한 여인은 거처로 옮겨 정성스레 간호했다. 돌아온 남편도 여인의 자식도 마찬가지였다. 그렇게 며칠을 정성스레 간호하자 사내는 기력을 되찾았다. 사내가 감사를 표하며 여인에게 꺼낸 말은 이랬다.

"고맙습니다. 역시 인간은 선한 존재입니다."

사내의 표정은 온화했다. 사내는 자신은 바다를 건너왔으며, 이 땅은 처음이라고 말했다. 사내의 팔에는 팔찌가 하나 둘러져 있었다. 관심 보이는 아들을 혼내는 여인을 말리며, 사내가 팔찌를 보여주었다. 알 수 없는 재질의 구슬로 이루어진 염주 같았다. 사내는 유한 성격이었고 금세 여인의 자식과 친해졌다. 사내는 자신을 구해준 여인과 여인의 가족을 깍듯하게 대했으며, 어느새 남편과 같이 바다로 나가 일을 도울 정도로 친해졌다. 사내는 당분간 신세를 질 수 있다면 크게 보답하겠다며 자신이 타고 온 배를 찾아 안에서 커다란 금괴를 회수해 여인에게 건넸다. 당연히 처음 보는 보물에 여인과 남편은 기뻐했다.

"보답은 당연한 것입니다. 이건 아무것도 아닙니다. 더 큰 보답을 해드릴 것입니다."

사내는 이름을 묻는 여인에게 그냥 금(金)이라 부르라고 했다. 그렇게 사내는 금 씨로 불렸다. 금 씨는 어떤 일에도 화를 내지 않았다. 가끔 여인의 자식이 장난을 쳐도 그저 허허 웃으며 받아주기만 할 뿐이었다. 여인과 남편은 그런 금 씨가 좋았다. 하지만 금 씨는 종종 이상한 행동을 하곤 했다. 자정이 지난 무렵 살며시 거처를 떠났다가 이른 새벽에 돌아오곤 했다. 이에 여인이 물으니 금 씨는 그저 밤 산책일 뿐이라 넘겼다. 여인과 남편 둘이 그런 금 씨의 행동에 대해 서로 대화를 나누던 어느 날, 여인의 남편이 웃으며 말했다.

"내가 금 씨가 무엇을 하는지 몰래 살피고 오겠소. 들키지 않을 테니 염려 마오."

"하지 마시지요. 괜히 그랬다가 금 씨가 화를 내면 어쩌려고요."

"저렇게 부처 같은 이가 어디 있소? 그럴 리가 없으니 임자는 너무 걱정 말아요."

호기심이란 무서운 것이다. 결국 여인도 궁금하긴 매한가지였다. 또 거처를 몰래 벗어난 날, 금 씨의 뒤를 여인의 남편이 몰래 쫓았다. 시간이 흐르는 동안 여인은 잠에 들지 않고 남편을 기다렸다. 문 지장에 가만히 귀를 기울이며 인기척만 기다리는데, 발걸음 소리가 들렸다. 하지만 발걸음은 여인이 기다리는 방이 아닌 다른 곳으로 멀어졌다. 금 씨였다. 새벽이 되도록 남편은 돌아오지 않았다.

금 씨를 찾아가 물어볼까도 했지만 대놓고 물어보기도 뭐해서 여인은 속만 애태웠다. 날이 밝는 대로 여인은 남편을 찾아보기로 했다. 애타는 심정으로 여인이 남편을 찾아 걸음을 옮겼다. 그날따라 바람이 거세고 파도가 높았다. 그리고 해안가 한복판에서 남편을 발견했다. 남편은 죽은 상태였고 시신은 온몸에 핏기 없이 새하얗게 변해버린 상태였다. 여인은 울고 또 울었다.

남편의 시신을 수습한 뒤, 여인은 결심하고 칼을 들고 금 씨를 찾아갔다. 만약 남편의 죽음이 금 씨와 연관이 있다면, 여차하면 금 씨를 죽이고 자신도 죽을 각오였다. 여인의 행동에도 금 씨는 놀라워하지 않았다. 특유의 다정한 목소리로 금 씨는 여인에게 어떻게 된 일인지를 차분히 설명했다.

"제가 죽였습니다."

"왜? 왜 그랬어, 왜!"

"저는 임무가 있습니다. 제가 이 땅에 넘어온 이유입니다. 저희 집안이 모시는 분을 지키기 위해 바다를 건너왔습니다. 그곳은 위험해요. 이 땅이라면 그 분을 모실 수 있습니다. 그분이 오신다면 저희는 만세의 영광을 누릴 겁니다. 하지만 들키면 안 되는지라 결국 죽일 수밖에 없었지요."

"너, 너⋯⋯."

"당신은 죽이고 싶지 않습니다. 모른 척 떠나실 수는 없습니까?"

금 씨는 여인에게 부탁했다. 하지만 여인은 거부했다. 칼을

든 여인이 금 씨를 향해 휘둘렀지만, 가녀린 여인의 힘으로 건장한 금 씨를 이길 수는 없었다. 금 씨가 비통한 표정으로 여인을 보며 말했다.

"어쩔 수 없군요. 그렇다면 그분이 어떤 분인지를 보여드리겠습니다. 그리하면 거부할 수 없을 테니까요."

금 씨가 여인의 머리를 붙잡았다. 그리고 여인의 시야가 흐려졌다. 여인이 눈을 떴다. 눈앞에 펼쳐진 것은 온통 붉은 하늘, 온통 붉은 바다, 온통 붉은 땅. 하늘에서는 핏물이 내리고 바다 역시 핏물로 이루어져 있으며 땅에서는 피분수가 솟구쳤다. 피. 피. 피. 모든 것이 붉었다. 처음 보는 거대한 붉은 존재가 떼를 이뤄 허공을 떠다니고 있었다. 그 존재 뒤로 거대한 그림자가 보였다. 하늘에 생긴 크기를 가늠할 수 없는 커다란 구멍이었다. 그림자를 보는 순간 여자의 두 눈이 붉게 물들었다. 피가 터져 나오며 두 눈과 두 귀, 코와 입에서 모두 피가 흘러내리기 시작했다. 여인이 입을 열며 구슬프게 울었다.

"아아아."

여인이 손을 들어 두 눈을 가렸다. 손가락 사이사이로 핏물이 쏟아졌다. 여인이 나지막이 읊조렸다.

"하늘이 무너지고, 땅이 갈라지면서 저곳을 통해 그분이 오신다."

다시, 여인의 시야가 흐려졌다. 여인이 눈을 떴다. 피눈물은 멈추지 않았다. 금 씨가 여인을 보며 밝게 웃었다.

"이제 당신도 그분의 뜻을 거스를 수 없으니 저를 도와주시지요."

여인은 고개를 끄덕였다. 금 씨가 일어나더니, 방구석에 있는 이불을 들췄다. 온몸에 핏기 없는 채로 여인의 자식이 죽어 있었다. 금 씨가 여인에게 뭔가를 건넸다. 가위와 바늘이었다. 여인이 가위를 들었다. 그대로 아들 시신의 가죽을 벗겨내기 시작했다. 여인은 바느질을 잘했다. 삯을 벌어 아들에게 간식을 사다 주고는 했었다. 아들의 목을 찌른 뒤 천천히 내려가며 가위질을 했다.

써걱. 써걱. 써걱.

두껍지만 잘리는 건 매한가지다. 여인은 바느질을 잘했다. 여인이 해야 할 일은 단 하나였다. 그분을 모시기 위한 책을 만드는 일, 제물로 바쳐진 자식과 남편의 가죽을 바느질해서.

*

"보았느냐?"

여인의 목소리가 들렸지만 소희는 아무것도 할 수 없었다.

"너도 봤으니 거부할 수 없다."

어느새 여인은 소희의 머리를 붙잡고 있었다. 여인의 과거를 본 소희의 머릿속에 온갖 상념이 들어차기 시작했다. 소희가 비명을 질렀다. 너무 많은 상념이었다. 여인이 깔깔 웃어댔다. 여인의 목소리가 계속 소희의 귀에 박혔다. 아니, 머릿속에 그대로 박혔다.

"그분이 오시리라! 그분을 모시리라!"

*

"아아악!"

비명을 지르며 소희가 깨어났다. 곁에 있던 이준과 기철이 동시에 놀라 외쳤다.

"드디어 깨어났어!"

소희가 불빛에 눈이 부신 듯 인상을 찌푸렸다. 이준이 얼른 물병을 들어 소희에게 건넸다. 소희가 힘겹게 일어나 물병을 받아 들고 벌컥벌컥 들이켰다. 기철이 멍한 얼굴로 소희에게 물었다.

"소희 씨, 지금 며칠인지 알겠어?"

물을 마시던 소희가 영문을 모르는 표정으로 기철을 쳐다봤다. 이준이 스마트워치를 들어 가리켰다. 소희가 놀란 표정을 지었다.

[202X년 12월 24일]

이준을 만나러 방문하고 고서적의 공간에 들어간 지 만 이틀이 지났다.

"아니, 진짜 이러다가 119라도 불러야 하는 거 아닌가 걱정했어요."

"시, 시간이 너무 촉박해요. 의뢰는 언제까지죠?"

"25일. 하루 남았어요."

소희가 한숨을 내쉬었다. 걱정스러운 눈빛의 이준을 보며 소희가 엷은 미소를 지었다.

"저는 괜찮으니 걱정 마세요."

"아니, 이틀 동안 아무것도 안 먹고……."

"고서적을 만든 이를 만났어요. 그리고 귀에 대해서도 확인했고요."

소희의 말에 이준과 기철이 서로 쳐다봤다. 소희가 말을 이었다.

"이대로라면 제가 고서적의 독음을 확인할 수 있어요. 고서적의 정체를 알았으니."

"그건 다행이네요."

소희가 기철을 보며 말했다.

"기철 씨, 전에 말한 그 의견 있죠? 이이제이."

기철이 미소를 올리며 답했다.

"생각해보니 괜찮은 거 같아?"

"네, 의뢰 완료를 알리고 고서적의 정보를 우연히 노출하는 척 저쪽에도 알려서 일망타진하자고요. 의뢰에 대한 건 제가 이준 씨랑 동행하면 되고요. 제가 독음 확인이 가능하니 저쪽이 의심해도 넘어갈 거예요. 당장 첫 번째 독음은 읽을 수 있으니까."

"협회에는 알릴 겁니까?"

이준의 질문에 소희가 고개를 저었다.

"아니요. 제가 협회에 협조한 건 정보를 얻기 위해서였어요. 협회에도 누가 무슨 생각을 할지 모르니 이번 일은 우리끼리 진행하죠."

"좋아요. 협회 늙은이들 껄끄러웠는데."

이준이 소희의 말에 동조하며 스마트폰을 꺼냈다.

"그럼 일단 의뢰를 완료했다고 보고 보냅니다. 기철이 넌 북성파에 거짓 정보 좀 풀어."

"오케이, 내가 하면 이상하니까 후배한테 시킬게. 그 새끼들 만날 장소랑 시간만 확인해줘."

소희가 몸을 일으켰다. 시선은 고서적을 향하고 있었다. 소
희가 진지한 얼굴로 말을 꺼냈다.

"안에서 다 봤어요. 귀는 절대 소환되면 안 됩니다."

"그 귀라는 거, 도대체 정체는 뭡니까?"

"정체는 알 수 없지만, 소환되면 무슨 일이 벌어지는지는
알아요. 하늘이 무너지고 땅이 갈라지고 모든 것이 피로 물들
어요."

소희가 다부진 표정으로 이준을 바라봤다.

"성한당 삼대 당주로서, 제 대에서 모든 걸 끝낼 겁니다."

신성한 임무

202X년 12월 25일

오판이었다. 성식의 예상보다 더 혼란스러운 상황이 되어 버렸다.

"꺄아악!"

"사람이 죽었어! 사람이 죽었다고!"

지하철 안에 그것들에게 잡혀 죽은 이들의 시체 조각이 널브러졌다. 문 앞은 온통 피바다였고, 밖에서는 그것들이 득실거리며 사람들을 노렸다. 정신이 하나도 없었지만 성식은 계속 사람들을 향해 소리쳤다. 선국도 정은도 마찬가지였다.

"일단 문에서 떨어져요!"

"끌려 나가니까! 들어오라고!"

"제발요. 그러다 모두 죽어요!"

사람들이 다들 문에서 떨어지려고 몸을 피했다. 인파가 많다보니 양쪽 문을 피해 서로 부딪치며 중간에 낀 사람들이 고통에 비명을 내질렀다.

'정신 차리자!'

성식이 뺨을 때리며 중얼거렸다. 정은이 그런 성식에게 다급한 목소리로 말했다.

"저거 봐요! 또! 아까처럼!"

"아······."

영악한 그것들은 다시 시체의 신체 일부분을 활용해 지하철 문을 막아 버렸다, 그것도 모든 문에다가. 선국이 욕을 내뱉으며 문가로 밀리는 사람들을 밀쳐냈다.

"저것들 학습 능력이라도 있는 거야?"

"진화하고 있어요. 뭔가 변하고 있다고요."

"문이 전부 열린 상태면 위험해. 이러다가 아까처럼 들어오기라도 하면······."

그때였다. 누군가 사람들을 진정시키는 모습이 보였다. 복장을 보니 지하철 보안관이었다. 혼란을 수습하려 애쓰며 보안관 복장을 입은 사내가 모두에게 외쳤다.

"다들 진정하세요! 저는 지하철 보안관입니다! 여러분, 이렇게 마구잡이로 움직이면 안 됩니다! 까딱하면 문 쪽으로 밀려요! 다들 협조 부탁드립니다!"

"지하철 보안관?"

그의 말을 들은 사람들이 진정하는 게 보였다. 사내가 다시 한번 큰 소리로 외쳤다.

"저는 서울 지하철 보안관 '박정기'라고 합니다! 모두 협조해 주세요! 지금은 진정이 우선입니다!"

자신을 소개한 보안관을 보며 사람들이 하나둘 진정을 찾기 시작했다. 지켜보던 선국이 성식을 향해 말했다.

"이래도 저래도 보안관은 보안관이네."

"다행이네요."

"마음에는 안 들지만."

사람들이 진정을 되찾자, 정기가 성식 일행을 향해 고개를 돌렸다. 굳은 표정에 경계 서린 눈빛이었다. 선국이 어깨를 으쓱하며 중얼거렸다.

"저 봐, 역시 나는 직책 있는 인간들이랑 안 맞아."

"거기 당신들, 지금 이 상황에 대해 아는 게 있습니까?"

선국이 들고 있던 총을 슬쩍 품에 넣으려 했지만, 정기가 놓치지 않고 그런 선국에게 경고를 날렸다.

"그 총은 뭡니까? 모형입니까?"

"어, 플라모델."

"확인이 필요합니다. 그리고 당신들, 이 상황에 대해 알고 있는 거 맞죠?"

"알면 어때서? 당신 뭐 하는 사람이야!"

선국이 정기를 보며 받아쳤다. 정기의 표정이 굳어졌다.

"내가 뭘 했는데. 여기 있는 인간들 다 뒤질 수도 있으니까 문 쪽으로 가지 말라고 한 거잖아!"

"여러분! 일단 저 사람들 가까이 붙지 마세요. 수상한 사람들입니다!"

정기의 말을 들은 이들이 성식 일행을 피해 몸을 옮겼다. 성식이 어색한 미소를 지으며 정은에게 말했다.

"이거 왠지…… 기분이 좀 그렇네요."

"어쩔 수 없죠. 저들은 처음이니까요."

선국이 비속어를 내뱉으며 성식 옆에 섰다. 졸지에 사람들과 성식 일행이 갈라져버렸다. 성식이 처음 생각했던 것과는 달리 모두 같이 행동하는 건 아니었다. 성식이 문밖으로 시선을 돌렸다. 그것들이 여전히 가득 몰려와, 내부를 노려보고 있었다. 돌아가는 큰 눈알과 날카로운 이빨들은 그대로였다. 중년 남성 하나가 성식에게 따져 물었다.

"여기서 무슨 일이 벌어지는 거고, 도대체 네놈들은 뭐야?"

"저도 잘 모릅니다만, 앞전 상황을 먼저 겪어봤습니다."

"그게 뭔 소리야?"

"그러니까 밖의 괴물들이 여기로 넘어와서……."

"헛소리 집어치우고, 너네 정체부터 밝혀!"

사람들이 웅성거리며 성식을 향해 따지고 들었다. 보다 못한 선국이 나서서 한마디 했다.

"이 잡것들이, 뭐 잘못 처먹었나. 뭐긴 뭐야, 사람이지. 보면 몰라!"

"……."

험악한 선국의 모습에 따지고 들던 이들이 말꼬리를 흐렸다. 선국이 피식 웃으며 모두에게 말했다.

"쉽게 설명해 줘? 이 공간은 한마디로 그냥 거지 같고, 너희랑 우리는 이 거지 같은 공간에 갇혔어! 그런데 더 웃긴 건 뭔지 알아? 여기가 제단이고 여기 있는 모든 인간들이 전부 다 제물이라는 거야."

"제단? 제물?"

"너희가 생각해도 정말 웃기지 않냐?"

선국이 계속해 소리를 질렀다.

"그런데 그 망할 상황이 지금 현실이라고, 방금 봤지? 여기

있던 불쌍한 바퀴벌레 같은 인간들이 수십 명이나 뒤졌어! 그
런데 서로 편을 들지는 못할망정 사람을 의심해? 어?"

"잠깐만."

지켜보던 정기가 선국의 말을 끊었다.

"그런데 당신 어디서 많이 본 얼굴인데?"

"훗, 하긴 내가 평범한 얼굴이긴 하지."

"아니, 아니야. 그거 말고 분명 기억해. 당신 얼굴……."

선국의 표정이 살짝 굳어졌다. 정은이 성식에게 작은 목소
리로 속삭였다.

"선국 씨, 지명수배자잖아요."

"들킨 건 아니겠죠?"

"아, 제발……."

정은의 걱정은 현실이 되었다. 정기가 눈을 부릅뜨고 선국
을 가리키며 모두에게 외쳤다.

"여러분, 저자는 지명수배자입니다. 가까이 가지 마세요!
지명수배자 공문에 있던 용의자가 확실합니다!"

"꺄아악!"

사람들이 놀라 웅성거렸다. 선국이 한숨을 내쉬었다. 정기
가 선국을 노려보며 말을 이었다.

"자그마치 1급 살인범입니다. 조심해야 합니다!"

졸지에 선국과 성식, 정은은 모두에게 집단 따돌림을 받는 입장이 되어버렸다. 성식이 울상 지으며 외쳤다.

"지금은, 지금은 그게 중요한 게 아니고요! 모두가 힘을 합해서……."

"뭔 소리야? 너도 범죄자와 한편인데!"

"살인범이래! 무서워……."

사람들의 말소리에 성식은 입을 다물었다. 정은이 옆에서 떨고 있었다. 선국이 그런 성식과 정은의 어깨에 손을 올렸다. 신경 쓰지 말라는 선국 나름의 행동이었다.

"괜히 미안하네."

"괜찮아요. 저희가 살 수 있었던 것도 선국 씨 덕분이니……."

성식은 형사의 마지막 말이 다시 떠올랐다. 그는 장렬히 희생하며 인간은 선하고 위대하다고 외쳤다. 하지만 과연 지금도 그럴까? 정기가 모두를 보며 말했다. 그런 정기를 선국이 묘한 눈초리로 살피고 있었다.

"자, 자. 다들 진정하시고. 안정을 찾는 게 우선입니다. 지금 이곳에 사람이 많습니다. 저들이 말하는 건 신경 쓰지 마시고, 모두가 하나처럼 행동해야 합니다. 밖에 뭔가가 있는 건 확실하지만 정체를 모르니 당분간 접근하면 안 됩니다. 일단 대기하고 있으면 분명 우리를 구해 주러 사람들이 올 겁니다. 이렇

게 많은 분이 사라지면 당연히 실종 신고가 들어가겠죠? 그러
니 안심하시고 차분히 기다리는 게 현명한 선택입니다. 제단
이니 제물이니 하는 소리는 말도 안 되는 헛소리니 다 잊어버
리세요. 저만 믿으시면 됩니다. 저는 지하철 보안관입니다! 안
심하셔도 됩니다."

사람들이 고개를 끄덕였다. 지켜보는 성식의 곁에서 정은
이 성식만 들리게끔 말했다.

"좀 이상하지 않아요?"

"뭐가요?"

"저 사람, 되게 침착하게 말을 너무 잘해요. 마치 준비라도 해
온 듯요. 제가 무대에 서기 전에 멘트를 미리 준비하거든요. 개
개인이 아닌 대중은 더 잘 휩쓸리는 경향이 있어요. 반응이 안
좋으면 이 멘트, 반응이 좋으면 저 멘트. 이런 식으로 미리 준
비한다고요."

성식이 정은을 향해 시선을 돌렸다. 정은의 표정이 바짝 굳
어 있는 게 보였다.

"확실히 그런 게 보이네요."

"왜 저 사람만 아무렇지 않죠?"

정은의 말에 성식의 머리에도 불현듯 뭔가가 떠올랐다. 선
국이 그런 정은을 향해 말했다.

"그렇지? 나도 계속 수상하다고 생각했어. 저 새끼, 이상하게 침착해."

바로 그때였다. 겁에 질린 나머지 다리가 풀렸는지, 아니면 인파에 밀렸는지 젊은 여성 하나가 문 쪽으로 넘어져버렸다. 여성이 울며 소리쳤다.

"아악! 살려줘요!"

기다렸다는 듯, 그것들이 문 앞에서 여성을 붙잡기 위해 바득바득 몰려들었다. 놀란 성식이 그대로 여성을 향해 움직였지만, 정기가 먼저였다.

"안 돼!"

정기가 여성을 일으키려고 다가갔다. 성식의 눈에 정기의 앞에서 여성이 바둥거리는 게 보였다.

"움직이지 마세요!"

성식이 소리쳤지만 여성은 공포에 휩싸여 제정신이 아닌 듯이 보였다. 정기가 허둥지둥하는 사이, 여성의 다리 한쪽이 문 끝 쪽으로 향했다. 그걸 놓칠 그것들이 아니었다.

"아아악!"

여성의 다리가 번쩍 들렸다. 그것 중 하나가 여성의 다리를 낚아챈 것이다. 정기가 놀라 뒤로 물러섰다. 여성이 양팔을 휘저으며 살려달라고 외쳤다.

"살려주세요! 살려주세요, 제발!"

성식이 달려들려 했지만 선국이 말렸다. 여성의 몸이 순식간에 문 밖으로 끌려 나갔다.

"도와줘요! 죽기 싫어! 살려 주…… 끼아아아아아아아악!"

처절한 비명이었다. 여성의 몸이 순식간에, 사지가 분리되어 조각조각 찢겨 나갔다. 성식이 눈을 질끈 감았다. 정은이 성식의 팔을 붙들며 몸을 떨었다.

'빌어먹을. 제기랄.'

온갖 욕이 목구멍에 차올랐다. 정기가 더듬거리며 겨우 말을 꺼냈다.

"구하려고 했는데 이미……."

"웃기지 마!"

선국이 총을 꺼내 정기를 겨누고 있었다.

"저 새끼가 밀었어!"

성식이 놀란 표정으로 선국을 바라봤다. 정은도 마찬가지였다. 선국이 눈을 가느다랗게 뜨며 정기를 노려봤다. 정기가 떨리는 목소리로 말했다.

"뭐, 뭡니까? 무슨 짓입니까?"

"야, 너 뭐야? 내가 다 봤다고! 이 새끼, 역시 의도가 있는 새끼네."

정기를 협박한 선국이 성식을 향해 조용히 말했다.

"저 여자를 이 새끼가 교묘하게 밖으로 밀었다고. 마치 저 대가리들한테 건네주듯 내가 계속 주시하고 있었거든……. 형씨가 처음 말한 그거랑 같은 거지?"

긴 머리 여성의 행동, 제물을 바치는 행위. 성식은 의혹이 확신으로 변했다. 이 상황에 선국이 거짓말할 리는 없었다. 성식이 분노로 가득 찬 눈으로 정기를 노려봤다.

"당신, 정체가 뭐야?"

"뭐, 뭐라는 거야……. 난 지하철 보안관이라고!"

선국이 픽 웃으며 고개를 까닥거렸다. 정기의 눈빛이 흔들리는 게 보였다.

"혹시나 했는데 역시나네. 어이, 당신들. 저 새끼 말 듣지 마. 저놈, 여기 제단이랑 분명 연관 있는 새끼야! 밖에 있는 대가리들한테 니들 다 제물로 바칠 거라고."

"시끄러워, 범죄자 새끼 주제에!"

"엿 같으면 덤비던가! 총 없어도 너 같은 놈은 한주먹거리도 안 돼!"

선국이 비웃음을 던졌다. 정기가 사람들 틈에 섞이며 마구 떠들기 시작했다.

"저 범죄자가 든 총, 진짜일 수도 있습니다. 저걸로 우리를 위협해서 어떤 짓을 할지도 모릅니다. 모두 합심해서 막아야 합니다! 총을 일단 먼저 뺏어야 해요!"

"미친놈, 지랄하고 자빠졌네!"

"여러분, 범죄자의 말을 믿습니까? 아니면 제 말, 지하철 보안관의 말을 믿으시겠어요?"

사람들의 말소리가 들렸다. 정기는 사람들을 선동하고 있었다. 선국이 모두를 쳐다보며 경고를 날렸다.

"함부로 움직이거나 행동하면 가차 없이 쏴버린다. 이거 장난감 아니야! 실탄 장정된 진짜 총이라고!"

"다, 다들 합심해서……."

"저 미친 새끼가, 계속 선동질이네!"

그 순간, 누군가 성식을 밀쳤다. 정기에게 정신을 쏟고 있던 성식이 그만 중심을 잃고 밀렸다. 그대로, 한 중년 사내가 성식 옆에 있던 정은의 손목을 붙잡고 잡아끌었다.

"꺄악!"

정은이 그대로 끌려갔다. 선국이 당황한 표정으로 소리를 질렀다.

"이것들이, 단체로 미쳤나? 그 손 안 놔!"

중년 사내가 끌고 온 정은을 정기에게 인계했다. 정기가 끌고 온 정은을 뒤에서 안고 목에 팔을 둘렀다. 정은의 글썽이는

228

눈이 성식과 마주쳤다. 성식의 목에 핏대가 곤두섰다.

"이 새끼야, 당장 그 여자 놔줘!"

"그만, 네놈부터 가만히 있어! 안 그러면 이 여자가 무슨 일을 당할지 모른다."

정기가 옆에 서 있는 중년 사내를 보고 씩 웃으며 작은 목소리로 속삭이는 소리가 들렸다.

"잘했습니다."

"감사합니다."

"그분을 위해서."

"그분을 위해서."

역시나 패거리가 있었다. 정기가 다시 시선을 선국에게로 돌렸다. 선국의 눈에, 정기의 입꼬리가 광대뼈에 걸칠 정도로 올라가 있는 게 보였다. 선국이 이를 갈며 정기를 노려봤다.

"더럽게 생긴 새끼가 지금 웃어!"

정기가 고갯짓을 하며 열린 문 쪽을 가리켰다. 여차하면 밖으로 밀어버리겠다는 협박이었다. 정기가 선국의 총을 쳐다봤다. 선국이 정기의 머리를 겨눈 총을 천천히 내렸다.

"크큭, 발악하지 말고……. 총 내놔. 긴말 안 한다."

"정은 씨, 겁먹지 말아요. 내가 당장 저 새끼를!"

"그만, 그만해! 저놈 말이야. 저 눈빛이 사람이 아니야. 진짜로 정은 씨가 위험해져!"

선국이 화를 내며 달려들려는 성식을 말렸다. 이어 겨눈 총을 바닥에 떨어뜨렸다. 선국이 앞으로 걷어찬 총을 정기가 그대로 주워 들었다. 정기가 정은을 선국 쪽으로 밀었다. 넘어질 뻔한 정은을 성식이 얼른 부축했다. 성식이 미안한 표정으로 말했다.

"미안해요. 내가 정신이 없어서……."

"나, 난 괜찮아요. 하지만 총이……."

"이리로 와."

선국이 성식과 정은을 불렀다. 정기를 가운데로, 앞에 성식 일행이, 뒤편에 나머지 인파가 갈렸다. 정기가 양팔을 들며 총을 흔들었다. 사람들을 보며 정기가 외쳤다.

"자, 이제 모두 나가!"

정기의 뜬금없는 외침에 사람들이 영문을 몰라 두리번거렸다. 정기가 총을 들어 구석에 있는 청년을 가리켰다. 청년이 어리둥절한 표정으로 정기를 바라봤다. 정기가 히죽 웃었다.

"우선 너부터…… 빨리 나가."

"어, 어딜 나가라고요?"

"당연히 이 지하철 밖이지. 귀먹었냐?"

"무, 무슨 소립니까, 그게!"

"닥치고 내가 하라는 대로 해! 안 그럼 네놈 머리통부터 박살 나!"

정기가 천천히 총을 청년의 다리 쪽으로 내렸다. 청년의 눈빛이 흔들렸다.

"당신 지하철 보안관이잖아……."

정기가 말없이 한쪽 눈을 감았다. 일부러 과장하여 조준하는 행동을 보이는 것처럼 느껴졌다. 청년이 그런 정기를 피해 달아나려고 몸을 움직였다.

탕.

"끄아악!"

"꺄아악!"

"진짜 총이야! 총을 쐈어!"

허벅지에서 피가 튀며 청년이 그대로 바닥에 고꾸라졌다. 비명을 지르는 청년을 보며 사람들이 너도나도 비명을 따라 질렀다. 정기가 정은을 잡았던 중년 사내에게 눈짓했다. 중년 사내가 울고 있는 청년의 머리채를 붙잡더니 그대로 열린 문 밖으로 던지듯 밀었다. 청년은 총에 맞은 고통 때문에 현실을 제대로 파악하지도 못하는 상태였다.

그것 하나가 청년의 머리를 물었다. 이빨이 머리에 박힌 청년의 두 눈이 희번덕 돌아갔다. 덜덜 떨고 있는 팔과 다리 역시 다른 것들이 붙잡고 끌어당겼다. 청년의 몸이 그대로 조각이 났다. 피가 튀고 비명이 난무하는, 그야말로 아수라장이나 다름없는 공간이었다. 정기가 큰 소리로 웃었다.

"하하하, 이건 신성한 임무라고! 제단이 완성되고 이제 전부 모인 제물을 바치는 순간!"

정기의 말을 들은 사람들은 모두 경악하는 표정이었다. 정기가 총을 여기저기 겨누며 사람들을 닦달했다. 계속 문 쪽으로 압박해 갔다. 보다 못한 성식이 정기를 향해 외쳤다.

"총알은 한정되어 있어! 수는 우리가 더 많아! 당신이 그 총알을 다 쏜다면⋯⋯."

정기가 몸을 돌려 성식을 보더니, 그대로 총을 겨누었다.

"그럼 먼저 너부터 죽든가."

탕.

정은이 비명을 질렀다. 정기가 눈살을 찌푸렸다. 선국이 찰나의 순간에 성식을 옆으로 잡아채며 몸을 틀어버린 것이다. 총알은 빗나갔다. 심장이 터질 듯 뛰는 걸 느끼며 성식이 몸을 덜덜 떨었다. 선국이 그런 성식에게 진지하게 충고했다.

"저놈 자극하지 마. 기회 보는 중이니까."

"죄, 죄송합니다."

"저 새끼, 지금 약 빤 새끼처럼 흥분한 상태니까 잘 구슬려.

놈이 흥분하지 않게. 그리고 내가 신호 보낼게."

정은이 후다닥 달려와 성식을 안았다. 훌쩍이던 정은이 성식을 노려보며 소리쳤다.

"뭐 하는 거예요?"

"아니, 난……."

"형사님이 마지막에 뭐라고 했어요?"

'뭐였지? 형사, 김기태 형사가 자신을 희생하기 전 남겼던 말이?'

"다들 만나서 반가웠어. 꼭 살아남아라."

성식이 고개를 숙였다. 성식의 눈에서 눈물이 흘러내렸다.

'꼭 살아남으라고. 인간은 선하다고 했는데. 그런데 왜 이 지경이 된 거야. 정말 인간은 선한 거야? 저들은 그럼 뭐야!'

선국이 정기를 보며 말을 걸었다.

"어이, 거기 지하철 짭통 짭새! 애가 이제 찍소리 안 한다니까 좀 봐줘."

"내가 왜?"

"생각을 좀 해. 내가 지금 너한테 달려들면 표적은 내가 되겠지. 하지만 그다음 표적은 너야. 뒷사람들한테 협공하자고 할 거니까."

"……."

"나는 총에 몇 번 맞아본 경험도 있어서 어디가 치명타인지도 잘 알고, 당연히 방어하겠지."

"범죄자 새끼가!"

"왜, 쫄려?"

정기가 킥킥 웃었다. 한패였던 정기를 따르는 몇 명도 따라 웃었다. 정기가 히죽거리며 선국을 비웃었다.

"너, 애쓴다. 그런데 어쩌냐? 어차피 내 임무는 시간을 버는 거야."

"무슨 시간?"

"완성된 주문을 모두 읽는 순간 그분의 수하들이 제단의 안으로 들어오면 모든 게 끝나. 아니, 이제 곧 끝날걸."

선국의 표정이 창백해졌다. 성식 역시 등골이 서늘해졌다. 설마 했던 최악의 상황이었다. 선국이 입술을 깨물며 나지막이 말했다.

"시간이 없네, 그럼."

선국의 눈은 정기의 허리춤을 주목하고 있었다. 선국이 뒤에 있는 성식을 보지도 않고 손을 뒤로 돌려 사인을 보냈다. 정기는 눈치채지 못했다. 성식이 선국의 말을 떠올리고 곧바로 정기를 향해 질문을 던졌다.

"저 밖의 괴물들이 들이닥친다는 겁니까?"

"아주 정확해."

"그러면 이제나저제나 다 죽을 거 아닙니까? 그건 당신도 마찬가지잖아요."

"나는 다르지. 나는 선택받은 사람이야, 이 신성한 임무를 맡아서 그분의 소환을 돕는. 그러니 그분께서는 날 해치지 않을 거다."

정기가 미소를 지으며 성식을 쳐다봤다.

"난 일단 근본인 제물이 아니니까."

"도대체 근본은 뭐고, 우리가 왜 제물인 겁니까?"

정기가 턱을 치켜들며 성식을 내려다봤다. 마치 위에서 군림하는 왕처럼 보였다. 성식이 그런 정기의 행동을 보며 겁에 질린 척 머리를 수그렸다. 왕에게 조아리는 형상과 비슷한지라 정기가 흡족한 듯 낄낄거리며 웃었다. 정기가 다시 말을 이었다.

"어차피 네놈도 제물로 바쳐질 운명이니 내가 자비를 베풀도록 하지. 너희도 갈 때 가더라도 왜 죽는지 이유는 알아야지, 안 그래? 그분을 모시는 우리는 수백 년의 역사를 가졌어. 준비에 준비를 거듭해서 드디어 그분을 모시려고 했는데, 모시는 당일 약속한 제물이 부족해진 거야. 무당 년 하나가 눈치를 채고 제물을 빼돌린 거지. 하지만 우리는 포기하지 않았어.

수십 년을 기다리고 준비했다. 그 무당이 빼돌린 제물이 바로 너희 선조들이야. 그래서 근본이라는 거다. 피는 이어지니까! 혈통은 거스를 수 없으니까!"

'혈통?'

성식은 그제야 알 수 있었다. 처음 모인 이들과 이 상황에 대해 추측할 때 나왔던 공통점. 강원도 출신의 선조. 성식이 멍한 표정으로 물었다.

"그럼 그분은 도대체 누굽니까?"

"그분은……."

"휘이이익!"

선국이 휘파람을 불었다.

"시작해!"

선국의 휘파람 뒤 외침에, 정기가 놀란 듯 곧바로 뒤로 몸을 돌렸다. 하지만 겁에 질린 사람들은 그대로 있었다. 선국의 속임수였다. 정기가 다시 몸을 돌렸지만 이미 빠르게 달려든 선국이 정기의 허리를 붙잡고 앞으로 밀쳤다.

넘어진 정기는 여전히 총을 쥐고 있는 상태였다. 정기가 기를 쓰며 팔을 뻗어 총으로 선국을 겨누었다.

"이 미친 새끼가……."

"늦었네, 새끼야!"

선국이 뭔가를 정기의 얼굴에 휘둘렀다. 퍽 소리와 함께 정기가 얼굴을 감싸 쥐었다. 선국이 다시 한번 휘두르자 정기가 총을 떨어뜨렸다. 선국이 그대로 총을 주워 뒤에 성식에게 던졌다.

"아아악!"

고통에 비명을 지르는 정기의 몸을 붙잡고, 선국이 있는 힘을 다해 문밖으로 던져버렸다.

"어디 한번 보자. 네놈이 죽는지, 안 죽는지!"

허공에 붕 뜬 정기의 몸을 그것들이 서로 붙잡았다. 정기가 놀란 얼굴로 떡따는 비명을 질러댔다.

"끄아아아악!"

하지만 그것들은 전혀 신경 쓰지 않았다. 하나는 머리, 하나는 팔, 하나는 다리, 하나는 배. 각자 날카로운 이빨을 박았다.

"끽…… 꺽…… 끅."

이상하고도 기괴한 소리를 내며 정기가 피를 토했다. 쿨럭거리며 정기가 고개를 들어 위를 쳐다봤다.

"저는…… 신성한 임무를 맡은…… 당신의 전사……."

찌직.

신체 찢어지는 소리와 함께, 그대로 정기의 사지가 찢겨 나갔다. 선국은 쉬지 않았다. 정기를 던진 이후에 바로 정기와 한패인 이들의 머리통을 후려쳤다. 수는 세 명. 선국에게 얻어맞은 셋이 비명을 내지르며 바닥에 뒹굴었다.

"일단 하나로 좁혀야 해, 열려 있는 문을."

선국이 그대로 자빠진 셋을 각각 열린 문 쪽으로 끌어냈다. 그리고 한 명씩 문밖으로 걸어차며, 문이 닫히는 걸 막는 시체 방어물을 밀어냈다. 모두가 순식간에 그것에게 잡혀 사지가 분리되어, 피범벅 육편으로 변했다. 그렇게 세 개의 문이 닫혔다. 남은 열린 문은 단 하나. 선국이 거친 숨을 몰아쉬며 앞머리를 쓸어 넘겼다. 그러고는 정기가 차고 있던 삼단 봉을 손에 들었다.

"계속 눈독 들이고 있었지, 삼단 봉."

눈앞에서 넷이나 죽어 나가는 걸 목격한 사람들이 마구 비명을 질러댔다. 겁에 질려 아무것도 못 하는 사람들을 보며 선국이 버럭 소리쳤다.

"정신들 차려! 이제 곧 들이닥친다. 밖에 저 대가리들이 들어온다고! 모두 무기가 될 만한 걸 챙겨!"

사람들이 머뭇거렸다. 선국이 다시 고함을 질렀다.

"거기 너! 가방에 뭐 들었어!"

"노, 노트북……."

"꺼내 들어! 그리고 후려쳐! 우리도 공격할 수 있어! 다들 내 말 잘 들었지? 지금 이거 꿈 아니야!"

사람들의 반응은 가지각색이었다. 머리를 감싸고 있는 사내. 울고 있는 아이를 안아 달래는 여인. 힘에 겨워 그저 주저앉은 노인. 우왕좌왕하는 사람들 사이로 이리저리 치이는 이도 있다. 그 광경을 본 선국의 표정이 묘하게 변했다. 선국이 다시 말을 꺼냈다.

"약한 사람들을 지켜줘야지, 너네가 양심 있는 인간이라면 사람답게 행동해!"

선국의 말에 성식은 정신이 번쩍 들었다. 성식이 선국을 도와 모두에게 외쳤다.

"여러분, 이제 밖의 괴물들이 들이닥칠 겁니다! 우리 모두 힘을 합쳐요. 그리고 모두 살아남읍시다!"

정은이 서둘러 달려가 아이와 노인들을 문에서 가장 먼 곳으로 이끌었다. 성식과 선국이 모두를 격려하며 곧 닥칠 상황을 준비했다. 그 강렬한 의지에 모두가 서서히 동요되는 듯했다. 무기가 될 만한 걸 소지한 몇몇이 쥐어 들고 자세를 잡았다. 어떻게든 살고자 하는 의지로. 하지만 그 소리가 들렸다.

"끼끼끼이이이이이이."

모두 소리 나는 곳으로 시선을 돌렸다. 그것들이, 서서히 열린 문 앞에 몰려와 하나씩 들어오기 시작했다.

끝낼 것이다

202X년 12월 25일

　감이 좋지 않았다. 정훈의 표정은 매우 기묘했다. 처음 이준을 만나 의뢰할 때는 무표정이었지만, 지금은 몹시 환하게 웃고 있었다. 의뢰 완료를 보고한 뒤 만날 장소와 시간을 약속하고 기철을 통해 고서적을 노렸던 북성파에게 미끼를 흘렸다. 일사천리로 진행되었지만 이준은 감이 좋지 않았다. 그렇다고 이제 와서 감이 좋지 않다고 말할 수는 없었다. 기철도 소희도 이준의 감을 매우 중요시했기에. 이준을 따라온 기철과 소희의 존재에 대해서도, 정훈은 딱히 신경 쓰지 않는 모습이었다.

"너무 즐겁군요."

"즐겁다고요?"

"고용주께 큰 보상을 받기로 했거든요, 이준 씨."

정훈이 웃으며 이준에게 손을 내밀었다. 이준이 손을 붙잡자 정훈이 악수한 뒤 그대로 거두었다. 정훈의 안내로 모두 우아하고 화려한 탁자 앞에 앉았다. 벽은 역시 추상적인 그림 액자로 가득했다. 정훈이 미소를 지으며 말했다.

"역시 당신을 선택한 것은 탁월했습니다. 다들 차 한 잔씩 드시죠."

의심받지 않기 위해 이준과 기철이 차를 들이켰다. 시고 달짝지근한 맛이다. 기철이 뚱한 표정을 지었다.

"유자차보다 별론데⋯⋯."

이준이 눈치를 주자 기철이 입을 닫았다. 계속 미소 짓는 정훈을 보며 이준이 고개를 꾸벅였다.

"과찬이십니다."

"당신은 운명을 만드는 힘이 있습니다. 몰랐겠지만."

"네?"

이준이 어안이 벙벙한 얼굴로 정훈을 쳐다봤다. 정훈이 씩 웃으며 타이 끝을 매만졌다.

"우리는 알고 있었거든요. 어떻게든 당신은 답을 찾아낼 거라는 걸."

　이준 옆에 있던 기철이 피식 웃었다. 소희는 계속 무표정한 채였다. 정훈이 양손을 내밀었다. 이준이 의도를 파악하고 품에서 붉은 천으로 감싼 고서적을 꺼내 건넸다. 정훈이 이준을 가만히 쳐다봤다.

　"고생하셨습니다."

　"다 지켜봤겠죠?"

　"그렇죠. 전부 다요."

　전부, 묘하게 이상한 답이었다.

　'성한당과의 접촉과 소희의 접근, 그리고 북성파. 이 모든 걸 알고 있다는 건가?'

　이준이 멋쩍게 웃으며 정훈에게 물었다.

　"진짜 모든 걸 다 봤다고요?"

　"일단 의뢰 얘기부터 하시죠."

　정훈이 말을 돌렸다. 이준이 소희와 눈빛을 교환했다. 이준이 헛기침한 뒤, 입을 열었다.

　"두 번째 낱장의 독음 해석은 완료했습니다. 이게 결과물입니다."

　이준이 독음 해석본을 따로 준비해 정훈에게 건넸다. 정훈이 받아 들고 뭔가 중얼거렸다. 독음을 읽고 있었다.

'중개인일 뿐이라고 하더니?'

이준이 의아해하는 사이, 정훈이 만족한 표정으로 고개를 끄덕였다.

"확인했습니다. 제가 아는 구절 초반과 일치합니다."

"네? 읽을 줄 안다고요?"

"잘 알죠. 하필 마지막 부분이 달라서 뭉개지긴 했지만."

정훈이 웃었다. 갑자기 웃었다. 그 웃음에 이준이 놀라 정훈을 쳐다보기만 했다. 한참을 웃던 정훈이 입꼬리를 내렸다. 사람 같지 않은 차가운 표정이었다.

"이제 모든 해석이 끝났다. 세 번째인 마지막 독음까지."

"뭐?"

이준의 두 눈이 동그랗게 커졌다. 기철이 황급히 일어섰다.

"야, 이거 뭔가 이상해!"

그런 기철의 눈이 초점을 잃어갔다.

"어, 이거 뭐야……."

기철이 그대로 자세가 무너지며 다시 의자에 앉았다. 이준 역시 마찬가지였다. 시야가 흐려졌다. 이준이 정훈을 노려보며 물었다.

"약이냐?"

"네."

"너…… 뭐를 알고 있는…….."

"말씀드렸잖습니까. 전부 다 봤다고요. 그리고 당신이라면 유인할 줄 알았습니다."

정훈의 목소리가 귓가에 퍼져갔다.

'유인이라니. 누구를.'

소희가 천천히 일어나 그대로 정훈 곁으로 다가가 섰다. 기철이 그런 소희를 보며 소리를 질렀다.

"너…… 배신했냐!"

소희가 공허한 눈으로 기철을 쳐다봤다. 정훈이 이준을 보며 처음과 달리 딱딱하게 변한 얼굴로 말을 이어갔다.

"성한당. 우리가 찾아갔던 곳에 일부러 고서적의 정보를 흘린 것도, 당신에게 고서적의 실물을 건넨 것도 전부 계획의 일부였습니다. 그 무당의 후손이라면 그분을 볼 수도 있을 거라 생각했기에……. 그분을 보게 되면 모두 거부할 수 없습니다. 이미 여기 계신 소희 님은 우리의 동료입니다."

천천히, 이준 곁으로 다가간 소희가 머리를 숙인 채, 가만히 말을 건넸다.

"나는 귀를 봤어."

"으으……."

"너도 보면 알 거야."

소희의 말을 마지막으로, 이준은 정신을 잃었다.

*

귀라는 게 뭔지 당최 모르겠지만, 이거 하나는 알 수 있었다. 귀는 특별한 존재다. 귀가 나타나면 그저 구전으로 전해진 하늘이 무너지고, 땅이 갈라지는 일뿐인데도 어떻게든 그런 귀를 부르려고 애쓴다. 인간이란 참 나약하다. 절망적인 상황이 닥치면 살고자 하는 마음이 강해지는 게 본능인데, 그 본능에 먹혀 주객전도가 되는 거다. 현혹이나 빙의 같은 문제가 아니다. 그저 극도로 치닫는 최악의 결과를 보여주게 되면, 어떻게든 살고자 하는 본능만 남아 미쳐버린다.

이것이 이준이 생각하는 이유였다. 수백 년의 혈통을 지닌 신통한 무속인 가문이자 이 귀를 막기 위해 성한당까지 세운 그 후손인데도, 가장 강력하다는 장군 신인 충무공까지 모심에도 불구하고 소희는 먹혀버렸다. 그 시작은 아마도 고서적의 공간에 들어선 순간일 테다.

'정훈의 말이 사실인걸까? 아무도 거부할 수 없는 걸까?'

이준이 생각을 곱씹고 있는 동안, 같이 결박되어 있던 기철이 화가 치밀어 오르는지 온갖 욕이란 욕은 다 내뱉고 있었다.

"이런 엿 같은 씨부랄 거! 아니, 내 의견에 '좋아요' 한 거 다 뒤통수친 거야? 먼저 접근해서 쇼부 치고, 어? 너랑 나랑 뒤에서 칼 찌르려고 이런 짓거리를 여고생이, 어? 내가 말해도 믿기지가 않네."

"그게 단순한 문제가 아니야. 여러 가지 복잡하다."

"뭐가? 우린 뒤통수 맞았어! 지금 묶인 거 안 보여?"

"……."

"그리고 저건 또 뭐야! 죄다 변태투성이잖아! 죄다 마스크 쓰고 있고!"

"조금만 진정하면 안 될까? 생각 좀 하게."

"어린것들이 더하다고! 진짜 어른들 말 틀린 거 없네!"

이준과 기철의 눈앞에는 작은 제단이 보였고, 그 위에 오른 고서적과 복면을 쓰고 있는 정훈의 모습이 보였다. 정훈은 이준과 기철을 자신들이 소환하는 의식에 초대했다. 당연히 초대의 탈을 쓴 일종의 유희였다. 제단에서 제물을 바치는 의식이니, 자신들의 제단에도 제물을 준비한 것이다. 의자에 결박되어 있는 둘은 꼼짝할 수 없었다. 정훈의 옆에는 무표정한 얼굴을 한 소희가 서 있었다. 정훈이 천천히 고서적을 펼쳤다. 그리고 마지막으로 봉인된 세 번째 낱장을 풀었다.

"봉인의 마지막을 풀었어."

"드디어, 기다리던 그분이 오신다."

마스크를 쓴 무리가 서로 수군거렸다. 정훈이 손을 들어 조용히 하라는 손짓을 보이자, 모두가 한 사람인 것처럼 바로 입을 다물었다. 그리고 발로 바닥을 구르기 시작했다.

쿵쿵쿵쿵.

정훈이 두 손을 가슴 위에 모은 채 모두에게 인사를 건넸다.

쿵쿵쿵쿵.

정훈이 모은 손을 풀고 두 번째 낱장을 집었다.

"그럼 이제…… 완성본을 낭독하겠습니다."

쿵쿵쿵쿵.

"두 번째는 제물입니다. 낭독이 끝나면 제단에 모인 제물들은 그분에게로 돌아갈 겁니다."

정훈이 이준이 건넨, 아니 소희가 해석해준 본을 들더니 그대로 천천히 읽기 시작했다. 첫 구절을 읽는 순간, 고서적에서 핏물이 뿜어져 나왔다. 소희는 멍한 표정 그대로였다. 이준이 인상을 쓰며 그런 소희를 바라봤다.

'저렇게 무너질 한소희가 아니야.'

이준의 감이 말해주고 있었다.

'무너지지 않아. 이렇게 먹힐 리가 없어. 내 대에서 끝내겠다는 말은 뭐였어? 귀라는 걸 소환한다는 말이었나? 아니, 그

럴 리가 없어. 귀에게 먹혔다고 해도 아직 본능이 남아 있는 거야.'

이준은 소희에게 말을 걸고 있지 않았다. 그저 생각에 생각만 할 뿐이었다. 지금 입을 열고 떠든다고 무슨 방법이 있을 리도 없고, 설득하려는 이준을 그냥 놔둘 놈들이 아니었다. 그래서 오직 소희의 본질만 믿고, 또한 자신의 감만 믿고, 생각에 생각을 거듭하며 전달하려는 것뿐이었다. 진중한 표정의 이준을 보며 기철이 슬쩍 들릴 듯 말 듯 말을 건넸다.

"슬슬 북성파 애들이 올 거야."

"진작 왔어야 되는 거 아니냐?"

"내가 바보냐? 연락이 없으면 여기 장소 까라고 했어. 저것들은 그저 이상한 거에 미친놈들이라 이런 판을 잘 몰라. 폰만 뺐으면 되는 줄 알지."

"역시 전직 조폭 출신답네."

"우리 형님이 생긴 거랑 다르게 엄청 똑똑했어. 내가 진짜 많이 배웠다."

"그게 누군데?"

"말하면 아냐? 선국 형님이라고 있어. 뭐, 지금 지명수배 걸려서 좀 사정이 안 좋으시지만……."

기철이 씩 웃으며 오른손을 까닥거렸다. 이미 줄은 풀려 있었다.

"됐다. 오케이다."

"와, 능력자네."

"나 은퇴할 때 잘린 손가락 알지. 거기에 의수 끼웠잖아. 손톱은 칼날이야."

시선을 소희에게 돌린 기철의 표정이 굳어졌다. 겉으로는 욕하고 화를 냈지만, 내심 소희가 걱정되는 모양이었다. 기철이 혀를 차며 중얼거렸다.

"쳇. 한소희, 완전 넋이 나갔는데."

"기다려."

이준이 말하자 기철이 이준을 바라봤다. 이준은 계속 집중했다, 마음으로 건네는 소리에. 한소희라면 분명 들을 수 있을 거라 믿었다.

"그래, 너도 일단 기다려라."

기철이 이준의 말을 받았다. 기철의 칼날 손톱이 나머지 손을 묶은 결박을 몰래 풀고 있었다.

"조만간 난리 날 거야."

낭독이 끝났다. 정훈이 두 번째 해석본을 완독한 뒤, 감격에 찬 표정을 지었다. 마스크를 쓴 사람들이 정훈에게 환호했다. 정훈이 잠시 말을 멈췄다. 너무나 행복한 표정이었다.

"여러분, 드디어 두 번째를 끝냈습니다. 제물의 운명은 이제 끝났습니다! 이제 남은 건 마지막입니다. 그분을 모실 수 있게 도와준 분을 소개하겠습니다."

정훈이 소희를 가리키며 박수를 쳤다. 모두가 따라서 박수를 쳤다. 소희는 여전히 무표정한 얼굴로 서 있기만 했다. 정훈이 세 번째 해석본을 들어 모두에게 보였다.

쿵쿵쿵쿵.

다들 미친 듯이 바닥을 발로 차고 있었다. 그 묘한 리듬에, 듣고 있는 모두의 심장이 요동쳤다.

'제물의 운명이 끝났다고?'

이준이 머리를 흔들며 안 좋은 생각에서 벗어나려 애썼다.

'안 돼.'

*

같은 시각 지하철 안, 그것들이 마구 몰려들며 안으로 들어차고 있었다. 성식이 떨리는 손으로 총을 겨누었다. 선국이 성식을 향해 외쳤다.

"쏴버려!"

탕.

처음 들어오던 그것 중 한 마리의 머리가 팍 터졌다. 꿈틀거리는 그것을 덮으며, 다른 그것들이 넘실거리며 움직였다. 최초에 지하철 안에 들어왔던 것과는 달랐다. 이들의 움직임은 빨랐고 신속했다. 순식간에 수십이 넘는 것들이 우르르 열차 내부로 몰려들었다.

"정은 씨! 내 곁에 붙어요!"

"알겠어요!"

성식이 정은을 붙잡고 뒷걸음질 쳤다. 총만 가지고는 막을 수 없는 기세였다. 접근을 막기 위해 선국이 삼단 봉을 들고 앞으로 나섰다.

"죽어, 이 대가리들아!"

선국이 휘두르는 삼단 봉에 맞아 그것들이 여기저기 튀어나갔다. 하지만 역부족이었다. 선국을 도우려고 곁에 선 몇 사람들도 막상 그것들의 모습을 보니 그저 겁에 질려 뒤로 물러날 뿐이었다. 그것 중 하나가 쏜살같이 기어가 누군가의 발목을 물었다. 발목이 물린 노인이 기운이 달려 미처 피하지 못하고 뒤로 넘어졌다. 그대로, 그것이 노인의 몸을 끌어당겼다.

"사람 살려요!"

선국이 그대로 삼단 봉으로 찍어 눌렀다. 머리가 터져 축 늘어진 그것의 입에는 잘린 노인의 발목이 들어 있었다.

"으아악!"

비명을 지르며 울부짖는 노인을 보며, 선국이 얼른 지혈을 지시했다. 사람들이 노인을 잡고 지혈을 시도했다. 쿨럭거리는 노인을 지켜보던 선국이 자조하듯 혼잣말을 중얼거렸다.

"왜 안 되는 거냐. 형사님, 아니 기태야!"

선국이 피식하고 헛웃음을 지었다. 선국이 입술을 깨물었다. 뭔가를 결심한 듯, 선국이 사람들을 향해 소리쳤다.

"거기 지팡이 줘 봐. 당신은 메고 있는 배낭 던져."

사람들이 머뭇거리자 선국이 더 큰 목소리로 외쳤다.

"빨리! 시간 없어!"

선국이 다시 밀려오는 그것들을 향해 삼단 봉을 휘둘렀다. 그제야 사람들이 등산 지팡이와 배낭을 선국에게 던졌다.

"다들 물러나서 구석으로 가!"

선국이 성식과 정은을 보고도 말했다.

"너희도 뒤로 가서 저 사람들 지켜줘!"

"선국 씨는 뭐 하려고요!"

"가라면 가! 혹시 모르니 총은 가지고 있어. 난 약속을 지켜야 돼."

정은이 놀란 눈으로 울며 소리쳤다.

"무슨 생각이에요? 안 돼요! 형사님이 우리 모두 살아남으라고 했잖아요!"

"형씨, 아니 성식이라고 했지? 성식이 나보다 어리니까 말 놔도 되지?"

선국이 성식을 보며 말했다. 성식이 급하게 고개를 끄덕였다. 선국이 씩 웃으며 말을 이었다.

"아까부터…… 계속 반말했잖아요."

"그랬나? 아무튼 인간은 선하다. 어떻게 아냐고? 지금 내가 이러잖아. 그러니 생각 바꾸지 마. 아까 그 보안관은 그냥 인간이길 포기한 새끼라 생각하면 돼."

"네."

"그리고 이건 아까부터 하고 싶은 말이었는데……. 둘이 잘 어울려. 진심이야. 그러니 빨리 저 가수 아가씨 데리고 물러나서…… 뒷사람들 지켜."

성식이 눈물을 닦으며 다시 고개를 끄덕였다. 그리고 정은을 붙잡고 선국의 뒤로 물러섰다. 선국의 각오를 꺾을 수는 없었다. 정은이 오열했지만, 선국은 일부러 무시하는 듯 고개를 돌렸다. 선국이 배낭을 앞으로 멨다. 한 손에는 삼단 봉, 한 손에는 지팡이를 들더니 객실 정중앙에 우뚝 섰다. 선국이 큰소리로 웃었다.

"하하하, 김기태 이 쫍새놈아! 이제 친구니까 욕해도 되지?

내가 죽어도 약속은 지킨다. 저기 일반인들 손끝 하나도 못 건
드리게 저 대가리들 다 죽여버릴 거니까!"

성식과 정은은 그런 선국의 뒷모습을 바라보았다. 주변 사
람들 또한 마찬가지였다. 선국의 앞에 그것들이 떼를 지어 몰
려들었다. 선국이 심호흡한 뒤 곧바로 양팔을 휘둘렀다. 삼단
봉과 지팡이에 맞아 나가떨어지는 것보다, 선국을 공격하는
것의 수가 더 많았다. 배낭을 물어뜯는 그것의 눈알에 삼단 봉
을 찔러대며, 선국이 들으라는 듯 계속 소리쳤다.

"뒷사람들, 내가 죽어도 무조건 지킨다! 어떻게든! 너랑 한
약속을 지키는 일이다! 이야아압!"

선국이 기합을 내지르며 양팔을 계속 휘둘렀다. 팔 하나를
그것이 물었다. 선국이 다른 손에 든 삼단 봉으로 팔을 문 그
것의 머리를 내리쳤다. 틈을 노리고 다른 그것이 선국의 양다
리를 잡았다.

"끄아아아악!"

넘어지지 않으려 버티며 선국이 고함을 내질렀다. 발로 걷
어차고 팔꿈치로 찍으며 선국이 계속 저항했다. 어떻게든 밀
리지 않겠다는 각오가 느껴졌다. 피가 튀고 온몸이 붉게 물들
어 갔지만 선국은 비명 하나 내지르지 않았다. 메고 있던 배낭
이 찢어지며 선국의 가슴에 그것 하나가 달려들었다.

이빨이 박힌 선국이 떼어내려 했으나, 팔 한쪽이 부상을 당해 무리였다. 하나둘, 그것들이 더 달려들었다. 선국의 몸에 이빨이 박히고 있었다. 그럼에도 선국은 성한 팔로 삼단 봉을 휘둘렀다. 발목이 찢어지며 선국의 몸이 비틀거렸다. 선국이 가슴에 매달린 그것을 머리로 받아버렸다. 점액질이 튀고 피도 튀었다. 선국이 한쪽 무릎을 꿇었다. 선국의 머리를 노리는 그것이 그대로 입을 쩍 벌렸다. 선국이 미소를 지었다.

"하, 졸라 재수 없게 생겨가지고⋯⋯."

탕.

선국의 머리를 노리던 그것이 총에 맞아 뒤로 튕겨 나갔다. 그리고 선국의 몸을 사람들이 뒤로 잡아끌었다. 부상당한 선국의 눈에, 사람들이 무기를 잡은 게 보였다.

"아니⋯⋯."

"생각해봤는데요. 이제 강자에서 약자가 되셨으니 우리가 지켜야죠."

성식이 희미한 미소와 함께 선국을 내려보며 말했다. 선국이 끝까지 놓지 않으려던 삼단 봉을 성식이 받아 잡으며, 고개를 까닥했다. 선국이 시선을 돌리자, 총을 들고 있는 정은의 모습이 보였다.

"가수 아가씨가⋯⋯."

"사격이 취미래요. 한 방에 선국 씨 살렸어요."

"진작 말하든가…….."

정은이 총을 겨눈 채 앞의 사람들에게 외쳤다.

"옆으로 갈라져요!"

사람들이 옆으로 갈라지자, 정은이 재빠르게 조준 사격을 했다.

탕.

정은이 총을 살피더니 안색이 굳어졌다. 총알이 다 떨어진 듯했다. 정은이 성식을 향해 돌아보자, 성식이 재빨리 나서며 큰 소리로 모두를 격려했다.

"다시 벽을 만들어요! 힘센 사람들이 앞에! 나머지 뒤에서 엄호!"

"해보자고!"

"다 같이 지켜! 어차피 죽더라도 인간답게 죽자!"

"여기 막아!"

모두가 힘을 합쳐 그것들의 공격을 방어했다. 선국이 멍한 표정으로 쳐다봤다. 정은도 합세하며 열심히 도왔다. 뒤에 있는 이들이 큰 소리로 응원했다. 엄청난 열기가 지하철 안을 맴돌았다. 선국도 질 수 없다는 듯 바닥에 누운 채로 기를 써라 외쳤다.

"그래, 이 못생긴 괴물들아! 우리 인간을 무시하지 말라고!"

모두가 서로를 구해주고 독려하며, 힘을 합쳐 살아남으려 하고 있었다.

*

같은 시각 고서적의 제단.

"이제, 마지막이 다가왔습니다."

정훈이 세 번째 해석본을 들고 모두에게 보였다.

쿵쿵쿵쿵.

정훈이 경건한 표정으로 해석본을 천천히 읽기 시작했다. 모두가 정훈에게 집중하는 동안, 기철은 결박을 다 풀고 이준의 결박을 풀어주고 있었다. 순간, 기척이 들려왔다. 기철이 히죽 웃었다.

"왔다. 북성파 놈들."

쾅.

문이 부서지며 검은 정장을 입은 덩치들이 몰려들었다. 기철이 놀란 표정을 지었다.

"어라? 북성파 애들이 아닌데?"

정장을 입은 사내들은 하나같이 긴 검을 들고 있었다. 마스크를 쓰고 있는 이들이 놀라 소리를 질렀다. 정훈 역시 마찬가지였다. 정장 사내들이 그대로, 그 자리에 있는 사람들을 습격했다. 팔다리가 날아가며 피가 사방에 튀었다.

"盗賊たちよ! 死ね! (도적놈들아! 죽어라!)"

일본어였다. 기철이 벙 찐 표정으로 중얼거렸다.

"북성파가 손잡은 게 야쿠자였어? 야, 저게 뭔 뜻이야?"

어느새 이준은 달리고 있었다. 노리는 건 정훈의 손에 들린 세 번째 해석본이었다. 당황하는 정훈을 향해 이준이 몸을 날렸다. 넘어진 정훈의 손에서 해석본을 뺏어낸 이준이 낱장을 찢어 그대로 입으로 씹어 삼켰다. 정훈의 표정이 일그러졌다.

"안 돼!"

정훈이 이준을 밀치며 일어섰다.

"한소희, 빨리 해석해. 지금 당장!"

정훈이 소희를 찾아 발악하는 사이, 기철이 다가와 그런 정훈의 목 옆을 손톱으로 찔렀다.

"헉……."

"미친놈들. 넌 죽어도 싸."

이준이 멍하니 서 있는 소희를 붙잡았다. 그리고 그대로 소희의 손을 자신의 가슴에 올렸다.

'들어와 한소희, 그리고 내 생각을 읽어. 귀에게 현혹되었더라도 분명 이겨낼 수 있을 거야. 지금 우리만이 아닌 혹시 모를, 이 순간 제물로 바쳐진 사람들을 생각해. 넌 그들을 지키는 존재야. 제발 들어와. 들어봐. 들어줘!'

그 순간, 이준은 머릿속이 환해지는 걸 느꼈다. 지금까지 겪어봤던 감 중에, 최고로 좋은 감이었다.

소희는 눈을 떴다. 눈앞을 가리고 있던 붉은 안개가 서서히 걷히며, 다시 앞이 환히 보였다. 눈이 부셨다. 누군가 소희의 손을 잡고 있었다. 소희가 고개를 돌렸다. 인자한 미소로 소희를 보고 있는 여인을 보며, 소희의 눈에서 주룩 눈물이 흘렀다.

"엄마……."

"우리 소희, 하늘을 보면 안 된다."

"응……."

하늘에는 커다란 검은 구멍이 있었다. 소희는 엄마의 말대로 손을 붙잡고, 너무 보고 싶었던 그 얼굴과 그 미소만 보고 있었다. 누군가 걸어와 소희의 다른 손을 잡았다. 그 따뜻함에 소희가 시선을 돌렸다. 소희는 결국 울음을 터뜨렸다.

"할머니, 할머니도……."

"아가, 하늘을 보지 말거라."

소희가 울면서 고개를 끄덕였다. 엄마와 할머니를 붙잡은 소희의 양손에서 밝은 빛이 번져나가기 시작했다. 소희의 할머니가 고개를 번쩍 쳐들며, 검은 구멍을 보고 외쳤다.

"이곳에서 썩 꺼지거래이! 빌어먹을 잡것들아!"

누군가 나타나 소희의 엄마 손을 잡았다. 또 누군가 나타나 소희의 할머니 손을 잡았다. 또 누군가, 또 누군가, 또 누군가 어머니의 어머니의 어머니의 어머니들이. 소희의 머릿속에 알고 있는 목소리가 울려 퍼졌다.

"거부할 수 없다고 했잖아."

"아니요, 할 수 있어요."

"그럼 나는 어떻게 해야 하지?"

피눈물을 흘리는 여인이 소희 앞에 서서 하염없이 울고 있었다. 소희가 여인을 또렷이 바라보며 다정하게 말했다.

"당신은 죄가 없어요. 혼자 살아남기 싫었을 뿐이에요. 사랑하는 이들이 떠나서, 포기할 수밖에 없었던 거죠. 당신 탓이 아니에요."

"남편이 보고 싶어. 아들이 보고 싶어……."

"저랑 같이 가면 만날 수 있어요."

소희가 환한 미소를 지었다.

"같이 가요. 사랑하는 사람들을 보러."

"네가 나를 구원해주는 거니?"

소희가 엄마와 눈을 마주친 뒤, 다시 할머니와 눈을 마주쳤다. 엄마와 할머니 둘이 안쓰러운 표정으로 소희를 바라봤다. 소희가 피눈물을 흘리는 여인에게 답했다.

"아니요. 모두가요."

*

미소를 짓는 소희를 보며 이준이 소리쳤다.

"소희 씨 맞아요? 맞죠? 돌아온 거 맞죠?"

"네."

"그럼 빨리 달아나요! 지금 난장판이니까……."

소희가 고개를 저었다. 이준이 말하다 말고 소희를 쳐다봤다. 소희가 그대로, 고서적이 놓인 제단으로 걸어갔다. 이준이 말리려 했지만 강한 힘에 막혀 다가갈 수 없었다. 검은 정장 무리가 고서적을 발견하고 소리를 질렀다.

"書籍があそこにある!(서적이 저기 있다!)"

"위험해요!"

검은 정장 무리도 이준과 마찬가지로 뭔가에 막혀 소희에게 접근할 수 없는 듯했다. 소희가 고서적을 잡고 이준을 바라봤다. 이준이 말을 꺼내려 했지만 목소리가 나오지 않았다. 기철이 이준을 향해 달려오며 외쳤다.

"빨리 소희부터 데리고 나가야 돼! 차 대기해놨어!"

"너⋯⋯."

소희가 말없이 고개를 끄덕였다. 이준이 믿을 수 없다는 표정을 지었다. 다가온 기철이 소희 쪽으로 달렸다. 뭔가에 막힌 기철이 영문을 모른다는 얼굴로 소희를 쳐다봤다.

"뭐야? 이거⋯⋯."

소희가 깊은 숨을 내쉬더니, 그대로 이준과 기철을 바라보며 입을 열었다.

"여기서 작별입니다."

"무슨 소리예요?"

"약속했거든요. 만나게 해주겠다고."

"누구랑⋯⋯."

소희가 눈을 감았다.

"모든 기억을 잃을 겁니다. 모두가요. 그러니 슬퍼 마세요."

소희가 다부진 목소리로 말했다.

"모든 걸 끝낼 것이다."

그리고 고서적에서 핏물이 아닌 환한 빛이 새어 나왔다.

같은 시각 지하철 안.

"인간은 선하다. 인간은 위대하다!"

성식과 정은이 얼굴을 마주 보았다. 둘 다 웃고 있었다.

"떡볶이 다음에 살게요."

"그래요. 그리고 사실…… 성식 씨, 꽤 괜찮은 사람이에요."

"하긴 저도 정은 씨한테 호감 있어요."

"선국 씨 말이 맞네요? 위험한 상황이 되면 눈이 맞는다고?"

"끝까지 희망을 잃지 마요."

"희망의 보컬이잖아요, 나."

둘이 서로 포옹했다. 정은이 눈물을 흘리며 속삭였다.

"다음에 꼭 만나요."

"약속할게요."

그것들은 바로 성식과 정은의 곁에 다가와 있었다. 선국은 의식을 잃은 지 오래였고 사람들 대부분이 다치거나 죽었다. 하지만 그럼에도 끝까지 포기하는 이는 아무도 없었다. 이게 바로 인간이었다. 그것들이 성식과 정은을 향해 달려들었다.

그 순간, 그것들이 모두 허공에서 사라졌다. 그리고 지하철 안의 모두가 의식을 잃었다.

에필로그

202X년 12월 31일

"매워."

"그래? 무대에서 지르는 건 맵더니만. 그래서 매운 거 잘 먹을 줄 알았더니."

"떡볶이를 좋아하는 거지 매운 걸 좋아하는 게 아니야."

"오케이, 나중에 너 먹고 싶은 디저트 무조건 콜."

"진짜지?"

"약속할게."

성식이 웃으며 정은에게 말했다.

눈이 내리고 있었다. 종종걸음으로 걷는 사람들이 보였다.

걷고 있는 둘 옆을 누군가 스치듯 지나쳤다. 스마트폰을 붙들고 통화하던 사내가 갑자기 멈춰 서더니 뒤를 돌아봤다.

"혹시, 저랑 어디서 본 적 없나요?"

사내의 질문에 성식이 놀라 사내를 자세히 쳐다봤다. 성식이 고개를 갸웃하자 사내가 피식 웃으며 머리를 긁적였다.

"아, 죄송합니다. 직업병인가 보네요. 실례했습니다."

"아, 네."

"두 분 커플이신가요?"

팔짱을 끼고 있는 둘을 보며 사내가 고개를 꾸벅했다.

"잘 어울리십니다. 행복하세요. 그럼."

사내가 다시 몸을 돌려 빠르게 사라졌다. 정은이 성식을 보며 물었다.

"모르는 사람이지?"

"응, 그런데 묘하게 낯이 익네!"

"그러게, 우리가 언제 한 번 본 적 있나?"

두 사람을 지나친 사내는 여전히 통화중이었다. 귀찮다는 듯 사내가 퉁명스럽게 말을 던졌다.

"야. 그래서 찾았어, 못 찾았어?"

"형사님, 이렇게 너무 대놓고 갈구시면 저 브로커 관둘 겁니다. 제가 무슨 방법으로 찾아요, 신출귀몰하신 분을."

"황선국이 그거 은퇴했다며! 예전 사건 때문에 물어볼 게 있단 말이야!"

"아, 몰라요. 선국 형님 정보 알게 되면 연락드릴게요."

"너 꼭 연락해라? 끊어!"

사내, 아니 김기태 형사가 역정을 내며 전화를 끊었다. 김기태 형사가 인상을 찌푸리며 중얼거렸다.

"이 범죄자 새끼, 어딜 튀려고 대가리를 굴려!"

김기태 형사와 통화를 마친 기철이 욱해서 스마트폰을 소파 위로 던졌다. 소파 위에 앉아 있던 선국이 슬쩍 몸을 피하며 픽 웃었다.

"그 새끼, 참 지독한 놈이네."

"아니, 형님 은퇴한 거 맞는데 그걸 안 믿고 뭘 사람을 개처럼 부릴라 그래. 아무튼 형님, 내가 입 싹 닫고 있을 거니 우리 사무실에서 푹 쉬십시오."

"인마, 네가 그 형사 브로커라 여기가 더 위험하거든."

"아, 그런가?"

"난 잠수 탄다. 나중에 연락할 테니까. 내 연락이나 기다려!"

선국이 자리에서 일어서며 말했다. 기철이 얼른 허리를 굽히며 인사했다. 선국이 손을 흔들며 나가다가 문득 멈춰 섰다. 라디오에서 노래가 흘러나오고 있었다. 선국이 스마트폰을 꺼내 노랫소리를 검색했다. 기철이 그런 선국을 보며 궁금한지 물었다.

"왜요? 그런 노래도 좋아하십니까?"

"목소리가 낯이 익어. 어디서 들어봤는데……."

선국이 화면에 뜬 밴드를 확인하며 중얼거렸다.

"'노조미 밴드' 나중에 찾아봐야겠네."

선국이 현관을 열고 나간 뒤, 잠시 후 다시 문이 벌컥 열렸다. 기철이 놀라 쳐다봤다가 곧바로 욕을 날렸다.

"거, 문 벌컥벌컥 열지 말라니까! 방금 중요한 분 계셨다 가셨다고!"

"오냐, 알았다. 사내새끼가 쫄아서 흥분은!"

이준이 들어오자마자 컴퓨터를 찾아 앞에 앉았다. 기철이 그런 이준을 보고 뚱한 표정으로 말했다.

"또 뭘 물어왔냐?"

"일."

"너랑 같이 일하면 일거리가 늘어나는 건 좋지만, 그 일이라는 게 다 하나같이 이상해서 좀 별로다."

"돈 벌기 싫어?"

"아니, 돈은 벌고 싶고……."

이준이 기철을 보며 씩 웃었다.

"이번엔 제대로다. 신비협회 쪽 의뢰니까. 보수도 장난 아니더라. 억대가 넘어!"

"협회? 무슨 의뢰인데?"

"12월 25일 야쿠자로 보이는 다수의 일본인들이 넘어왔었다는데, 그들 정보."

기철의 표정도 밝아졌다. 이준에게 다가가 어깨를 툭툭 치며 기철이 능글맞게 말했다.

"그런 건 또 내 전문 아니냐."

"그러니까. 협회랑 엮이긴 싫었는데 이게 또 흥미가 생겨서 말이지. 의뢰인부터가 거물이거든."

"누군데?"

이준이 기철을 보며 답했다.

"신비협회 본부장."

작가의 말

안녕하세요, 독자님. 읽어주셔서 감사합니다. 엄성용입니다.

작가의 말은 항상 쓸 때마다 너무 어렵습니다. 작품과 연이
된 건 꽤 깁니다. 무려 17년 전이네요. 시작은 단편이었습니다.
첫 집필은 2008년이었어요. 당시 저는 단편만 써봤던 초보 작
가였고 장편이라는 세계는 범 잡을 수 없는 스크린 속 영상이
라 느껴졌어요. 당시 저는 장편소설에 대한 모종의 동경과 부
담이 맞물려져 계속 단편만 쓰는 게 반복됐죠. 어찌 보면 도전
보다는 잘하는 것에 안주하고 싶다는 감정일까요? 하지만 작
품이 품고 있는 이야기를 더 확장하고 싶다는 욕망이 생겼답
니다.

저는 호러 소설로 데뷔했습니다. 그리고 호러 장르를 너무 사랑합니다. 그래서 호러를 기반으로 한 긴 이야기를 들려주고 싶다는 꿈이 있었죠. 나중에, 제가 긴 이야기를 쓰게 된다면 최우선으로 이 작품을 개작하기로 결심했습니다. 꼭 들려주고 싶은 세계관과 이야기였거든요.

시간이 지나 여러 편의 장편을 써본 뒤에도 이 작품은 집필하기 쉽지 않았습니다. 새롭게 창작하는 과정보다 기존 작품을 수정하는 과정이 더 어려웠습니다. 기존의 이야기 리듬을 살리면서도 가독성과 몰입도를 잃지 않아야 했죠. 더군다나 이 작품은 구성 줄기가 두 갈래이기에 각각의 플롯을 살리면서 서로 퍼즐처럼 맞물리는 느낌이 들게끔 써야 했습니다.

지하철 내부의 주인공들과 지하철 외부 주인공들의 이야기가 튀지 않고 자연스레 얽혀야 했습니다. 저 또한 처음 플롯을 구상하며 '이게 될까?' 걱정되었습니다. 한 줄기는 계속 그대로 머무르고, 다른 줄기는 머무르는 줄기에 조금씩 다가가며 파헤쳐갑니다. 기승전결의 구성은 모든 이야기 흐름의 바이블입니다. 하지만 이 작품은 하루에 펼쳐진 사건에 대한 기승전과 그 사건이 벌어지는 과정을 다룬 기승전으로 각각 전개되고, 마지막 결에 합칩니다. 시간대와 구성, 그리고 두 줄기에서 드러나는 서로 다른 장르적 매력이 서로 빛을 내고 개성을 뽐내면서도 유기적으로 연결되어야 한다는 게 조금 힘들었습니다.

그렇게 제가 염원하던 작품을 완성했습니다. 작품의 장르를 딱 정하지는 않았어요. 호러가 기반이나 누군가는 고어 액션, 누군가는 스릴러, 누군가는 오컬트 미스터리로 받아들이시겠죠. 저는 최대한 이 작품을 집필하며 생각하던 주제를 잊지 않기 위해 노력했습니다.

인간 찬가. 열심히 생을 살고 있지만 항상 생각합니다. 사람은 참 대단한 것 같습니다. 흉흉한 삶에도 여기저기 들려오는 미담들을 보면 사람은, 인간은 원래 선한 존재라고 생각합니다. 그리고 그것이 좋은 영향을 끼친다고요. 작품을 보신 분들은 다들 공감하실 겁니다. 자신이 아닌 약자를 위해 희생에 동참하는, 그것이 살아가는 인간의 본성이라는 메세지를 전하고 싶었습니다. 다시 한번 제 작품을 읽어주셔서 감사합니다.

무한한 감사와 축복을 빕니다. 모두 행복하시길.

엄성용 올림

닫히지 않는 문

© 엄성용, 2025

초판 1쇄 인쇄일 2025년 4월 25일
초판 1쇄 발행일 2025년 5월 2일

지은이   엄성용
펴낸이   정은영
편집   음수현 정사라 최웅기 김지수 김명선
디자인   홍선우
마케팅   최금순 이언영 연병선 송의정 김정윤
저작권   신은혜 박서연
제작   홍동근

펴낸곳   네오북스
출판등록 2013년 4월 19일 제2013-000123호
주소   04047 서울시 마포구 양화로6길 49
전화   편집부 (02)324-2347, 경영지원부 (02)325-6047
팩스   편집부 (02)324-2348, 경영지원부 (02)2648-1311
이메일   neofiction@jamobook.com

ISBN 979-11-5740-456-8 (03810)